改变人生的七堂课

任卫红 著

作家出版社

致

谢

写这本书，难；出版这本书，更难。原因在我，我差点不想出了。因为如此真实地记录自己跨越中、英、法三个国家的事业、家庭和健康面临的各种挑战，我觉得像被剥光了衣服。

当初写这本书，是以为自己得癌症要死了，想留下点对人有价值的东西。现在我还活着，还要出这本书吗？

牧师克瑞斯问："这本书出版社觉得对人有价值吗？"

我说："有。不止出版社，看过我书稿的人都认为有价值。不少人在等着读我的书。"

"如果有价值，我鼓励你出这本书。"牧师说。

"我支持你出这本书。"先生浩也这么说。

于是，亲爱的读者，这本书得以和您见面了。

感谢我的先生浩，他是我最好的教练，没有他的支持，我写不出这样的故事；感谢我的牧师克瑞斯给我的引导和鼓励；感谢我的教练乔娜，十年来她一次次帮助我成长，为我的书提出了宝贵的意见；感谢我相见如家人的宁夏记者任欢，为我的书稿给与了文字上的修改建议。

感谢我已不在人世的父亲，让我从小受到了良好的文学熏陶，才能写出朴实而感人的文字；感谢母亲的爱，以及弟弟一家对我的支持。感谢所有让我成为今天的我的老师和朋友们！

自序

　　想写这本书，是在十年前刚做教练时。真正动笔时，却已经是从英国搬来法国两年后了。当时，我的喉咙有卡住的感觉，自己调理了一年，医生看了半年也未见好。最后经喉科专家诊断，喉咙长了个瘤子，接着是漫长的等待确诊。

　　我上网查资料，各种信息都指向我似乎得了食道癌。外公就是因食道癌去世的，这让我更加确认了自己的判断。

　　本来受美国同学的鼓励，写这本书已经一月有余，期间不知有多少次卡住写不下去，于是有些想放弃了。

　　癌症，让我脑海里突然冒出一个念头：假如我的一生就这么结束了，我留下了什么有价值的东西呢？

　　无论如何要在我的诊断报告出来前写完这本书，这就是我当时思考后的结论。

　　为什么呢？

　　常有人说，我过的是很多人拿钱都买不到的好日子：过着梦想的田园生活，经营着热爱的"成就他人，成就自己"的教练事业。听起来，四十五岁的我真是太幸运了。

　　然而三十二岁那年，我的家散了，事业毁了，儿子也见不到了。

是什么，让我的人生有了一个一百八十度的大转弯？

是教练技术。

十多年间跨越中、英、法三国的人生历程，就像爬了一座又一座山。是教练技术，让我有了求人不如求己的内在力量，一次次从谷底爬到山头。

如今教练技术已经成为我的一种思维、一种生活、一种修行。我依然在爬山，还有可能跌到谷底。但，我已经拥有了爬起来的力量！

所以，我期望通过这本书，也就是我十多年来的人生故事，传播普及教练思想，让更多的人，特别是像我一样，追求事业、家庭、身心健康的女性朋友们，能够拥有这种力量，做优雅的女人，自信而独立，兼顾事业与家庭，有力量从容地面对人生的风浪。

我也期望通过这本书让我的儿子知道：妈妈在幸福地活着。这一直是儿子对我的期望，如今我做到了。

这便是这本书的价值。也是假如我的生命已走到了尽头，我能留下的最有价值的东西。

写完这本书两个星期后，我去见了喉科专家。她告诉我不是癌症。我淡然一笑：能活着，哪怕多一天，都已经是恩典。

当然，你不可能靠读一本书而改变人生，除非你自己愿意改变、愿意行动。

日光之下也无新鲜事儿。你在这本书中，不会找到什么新奇的灵丹妙药，甚至有些是"老生常谈"。但是大道本至简，只有回到源头，才是改变生命的根本。问题是，你愿不愿意像我一样，将这些"老生常谈"活出来，让你的人生来个一百八十度的大转弯？

　　如果你想和我一样，学会用教练思维经营自己的事业、家庭和健康，欢迎你参加我们的"自我教练训练营"，与志同道合的人一起同行。欲了解训练营详情，可以加我们的微信 zhnz141319，也可以订阅我们的网站文章：http://www.wrencoaching.com，或者关注我们的微信公众号：卫红教练（weihongjiaolian）

如何读这本书

　　这本书第一章与第八章是首尾呼应的，主要是为了故事的流畅。其实，只有七章，我称它为七步。

　　十多年来，我只走了这七步，甚至具体到做某一件事，也是这七步。你看我这本书的架构，就是这七步。

　　为什么？

　　这七步是我的人生地图、做人做事的指南，我教我的学生也如此，他们都受益了。所以，我邀请你以这七步为地图，按时间线来品读。像吃西餐一样，东选一节西选一节的跳跃式阅读，会错失我十多年间思想变化的脉络，抓不住精髓。

　　这本书类似于传记，但不乏对教练心法与技法的一步步生动的传授。每一个事件都是一堂课，让你在读故事的过程中，不知不觉地开启新思维，用教练眼光审视今天，用教练眼光经营明天。

本书第七章"超越自我，为梦想而行动"中有三十五个小章节，里面涵盖了学习、家庭、事业、健康、金钱、时间等人生所面临的方方面面的问题。没有按主题分开写，是因为在现实生活中这些问题相互交叉、相互影响。若分开，难免陷入说教式的写法，这也是我在这本书中竭力避免的。

作为开始，按这七步来指导你的每一天，你的家庭、工作、健康，等等，甚至具体到开会、做项目、教育孩子等等，看看会有什么不同。若能运用书中所传授的教练心法和技法，就更是如虎添翼了。我期待你的好消息，也期待你加入我们的自我教练，与情趣相投的女性一起携手走出更精彩的人生！详情可关注我们的微信公众号"卫红教练"和微信视频号"卫红教练"。

阅读愉快！

目

录

第七章　超越自我，为梦想而行动 / 065

人生中不是所有问题都能避开。为什么一定要等到避不过去了，才豁出去呢？避来避去，走了多少的弯路，错失了多少的良机啊。既然在没有退路时，我才有最好的表现，那就斩断退路，知难而上，我对自己说。

第八章　回顾过去，规划未来 / 259

选择去那里，去以前没人去过的地方，去现在没人会去的地方。去寻找答案，哪怕是环绕大半个地球。有的时候，正以为找到了答案，却发现背后是更多的问题；有的时候需要回头看看，才知道是如何到达今天的位置以及正走向何方；有的时候，正以为靠近了终点，却发现一段新的旅程才开始，继续前行，因为……这是你的旅程！

第一章

回顾过去，规划未来

写给自己的一封信

　　今天是圣诞节，我起了个大早。趁先生浩没起床，我偷偷地把礼物放到圣诞树下，然后走到餐桌前坐下来。环顾四周，满目的温馨，我拿起笔，开始写这封给自己的信。

　　昨天，是我们结婚十周年纪念日，我和浩去附近的中国餐厅吃了一顿自助餐。尽管我从来都不喜欢国外的中国餐，但看着浩吃得津津有味，这就够了。

　　当年选择圣诞前夕结婚，就是为了不会忘记。期盼这个喜气洋洋、家人欢聚一堂的日子，带给我们一生的祝福。

　　这一路走得磕磕碰碰，有令人陶醉的浪漫，有平平淡淡的乏味，也有如履薄冰的心惊，但我们依然握着彼此的手走过来了。

　　四十五岁，我已经过上了梦想的生活：住在法国这么漂亮的小乡村，在绿草溪水边耕耘着我们二十多亩地的田园，拥有一份热爱的"成就他人，成就自己"的教练事业，我的内心充满了喜乐。

　　这种喜乐，装都装不出来。想到这里，我的思绪飘回到了十多年前的那个夜晚……

第二章

凡事内看，承担责任

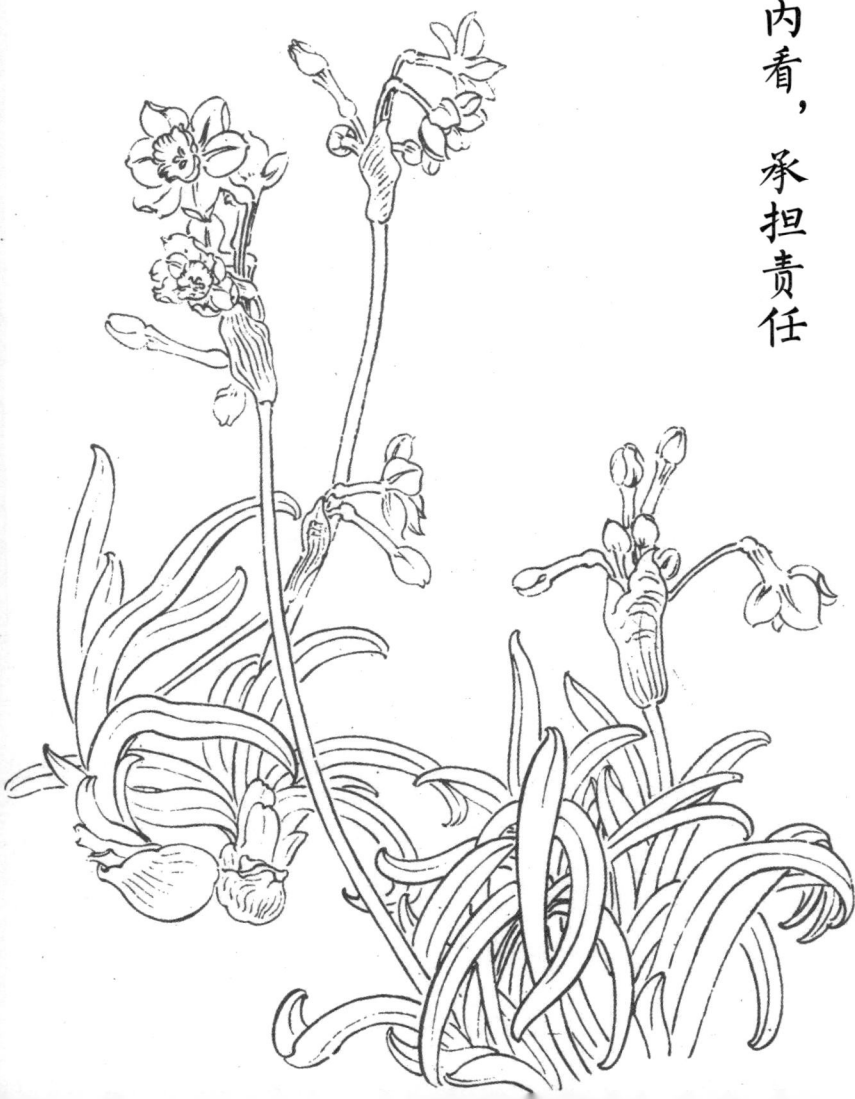

1
你是谁

"你是谁？"导师问。

"我是一个快乐的女人！"无论我如何努力地喊，温柔祥和的导师也只是摇头。一人不能过关，小组就不能过关。

"加油，你可以做到的！"同学和教练给我鼓劲。

一遍又一遍，我喊得声嘶力竭。按游戏规则不能说话的导师终于忍不住，"你并不快乐，你的眼里满是怨恨和痛苦！"

是的。心在流血，我怎能演一个快乐女人的角色？

不记得是如何过关的……

那一夜，我失眠了。

2

这是谁的错

导师的话响在耳边，"太多人习惯怨天怨地怨人，唯独不怨自己。他们总能找到一堆理由为自己开脱，证明不是自己的错，然后成功地将责任转嫁出去。这样的人，看似聪明，实则逃避责任，放弃自我的力量，把成长的机会拱手送人而自我毁灭。"

这话太刺耳，"明明是事实，怎么是找理由为自己开脱呢？"我的脑袋里翻江倒海，无声的控告一波强过一波……

"没搞错，我动的是真情、付的是真心，却没有受到应有的尊重和信任，我错在哪儿？"

"或者是我为这一切制造了机会？"

这个念头一出，我打了一个冷战，想起了一年前的一件事。厂长助理趁我和孩子他爸闹矛盾都不在厂，收了十万元的货款后人间蒸发了。

事发后，我气愤地向朋友诉苦道："实在想不通，父母

第一章　凡事内看，承担责任

007

是老师，培养出来的孩子却这样。你说现在的人良心道德都去哪儿了？我培养她四年，并提拔她做厂长助理，这么忘恩负义的事她都干得出？"

"快消消气，这事你也有责任。"朋友说。

"唉，你是不是朋友啊？你在替谁说话？那个没心没肺的偷了我的钱，你还说我有责任？"我的语气明显地不悦。

"你被偷了这么多钱，我当然为你难过。可是，如果你不从自身找原因，不补这个漏洞，下次就可能是更大一笔。想想看，谁为她提供了接触这么大额货款的机会？"

想起朋友的话，我的心又被刺了一下。

3

我错在哪里

　　我出生在农村，母亲因工伤无法照顾我和弟弟，就把两岁的我送到了住在山里的外婆家。到读书的年龄，我才回到了父母身边，在厂里的子弟学校从小学读到了高中。

　　那个年代，我们一家以及父母双方的老人，还有寄养在家中的母亲的妹妹凤姨，全靠父亲做教师的微薄的工资供养。父亲多病，又酷爱读书写作，买书自然少不了，因此日子过得相当拮据。

　　来自农村的我们，不够资格住工厂为双职工家庭建的楼房，于是被安置在临时搭建的平房。不够住，父亲就在后院搭建了简易的石棉瓦房。我和凤姨住在里面，常常是外面下大雨，里面下小雨。而父母则住在不见天日的黑屋。

　　一个风雨交加的夜晚，风推开了玻璃窗，雨抽打在脸上，眼前的作业湿成一片。我无声地呐喊："老天爷，为什么？为什么我的同学可以住楼房而我不能？为什么我生来就好像低他们一等？"

母亲的话敲醒了我，"我们来自农村，要想和你那些来自城市的同学一样，你就要争口气、考上大学。大学是你将来不用回农村种地的唯一出路！"

那天晚上，我有了一个梦想：上大学，改命运，过好日子！

那个年代的大学，百里挑一都未必挤得进去。为了实现这个梦想，我的学生时代似乎只有苦读的记忆。第一年的高考，我并没有如愿以偿。一想到未来要回农村种地，我就痛下决心："复读再考！"

体弱多病的父亲告诉我："只要你有决心，爸信你！"然而，天有不测风云，我刚刚复读两个月，父亲就因病离世了。人家的孩子，好歹有父亲这座山可以靠，而我的父亲永远地走了，我还可以靠谁呢？如果再一次考不上大学，怎么办？

考大学的压力容不得我停下脚步思念父亲和担心未来，我唯一能做的就是埋头苦读。靠着父亲的那句"爸信你"，我撑下来了。考入了大学，对我来说，似乎是苦日子就快熬到头了。

毕业那年，拿到第一份工作的工资，如当头给我泼了一盆冷水，"一个月几十块钱，我什么时候才能出人头地，让母亲过上好日子？父亲已过世，我必须快！"

于是年轻的我，做出了一个在那个年代很多人不敢做的决定：抛弃令人羡慕的铁饭碗，南下打工，为好日子拼一回！

怀揣梦想的我，来到了人生地不熟、语言也不通的南方。很快我发现，一个不谙世事的外来妹，在异乡想快速地实现过好日子的梦想，是那样可笑。

就在我彷徨迷茫之际，有一位成功的女老板好心地劝我："学聪明点儿，你还有三年的时间，好好利用，因为女人过了二十八岁就没有机会了。"

太可怕了，我的美好人生才开始，怎么只剩三年时间，我就没机会了？难道女人只能吃青春饭吗？"既然给人打工，免不了坠入做小蜜的陷阱，我不如做自己的老板！"一心想出人头地、让母亲早一天过好日子的我，又一次做出了一个大多数同龄人不敢做的决定。

可是，没资金，没靠山，甚至连怎么做老板也不懂，要怎么实现老板梦呢？我发现了另一条路——嫁人，嫁一个能跟我一起奋斗打天下的人。这是我在南方碰壁一年后打的如意算盘。按照这样的标准，我还没开始找，就有同事找上门了——一个慈眉善目又不乏精明的香港人。我从没见过这么拼命做事的人，他的勤奋务实打动了我。

历经波折，我们离开了原来就职的德国公司，开始创业。尽管艰难，但生意一天比一天好。儿子出世前，我们搬进了市内最高档的住宅楼。我把母亲接到身边，让她过上了好日子。

吃好、穿好、住好，这本是我从小就渴望的好日子，然而当这一切都满足的时候，我却发现内心是不快乐的。我和孩子他爸的事业在一天天往上走，而关系却在一天天往下滑。

尽管是一起创业，但想不到的是，那些不能在员工身上用的恶言恶语，完全可以在我身上用，原因是"你是老婆，老婆怎么骂，都不会离开的；员工说重了，辞职不干就麻烦了"。自尊心本来就强的我，当然不愿意，少不了以牙还牙。我们从办公室吵到家，从家吵到办公室。每天一小吵，几天一大吵。吵到要发疯的时候，钱成了我发泄的对象。我会冲到那些名牌时装店，在导购小姐的甜言蜜语中，买下一套又一套的时装，把店中所有喜欢的衣服全买回家，那种感觉真叫爽。然而，疯狂购物的快感并不能持久。回到家，我的心依然是不快乐的。

不久，儿子来到了这个世界，但这没能缓和我们的关系。直到孩子他爸承认有一夜情，我的自尊心和对他的信任彻底地被击碎，这才上演了这出悲剧。

"如果这一切的发生我有错，那么我错在哪儿呢？"

我在脑海里一遍又一遍地翻阅着过去：因为家里穷，因为从小被人看不起，因为母亲整天念叨要我争口气，因为父亲不在了……所以……

"因为……所以……"

突然我看到了一种模式：活到今天，有哪一次我不是在用这些个"因为"来为自己开脱？凭借能说会道，我说服了自己，也让周围的人无不点头称是。是啊，一次次成功地证明了我没错，我是家境、是命运的受害者，那又如何？我口口声声不信命，认为我才是自己命运的主宰！可当我任由外在的环境、人和事来决定自己所走的每一步，我真正主宰了什么？落得今天的结局，不正证明了导师说的——这么做，是放弃自我的力量、把成长的机会拱手送人而自我毁灭吗？

长这么大，这是我第一次把目光从别人身上收回来，看回自己的内心。"难道想过好日子，错了？"我问自己。

"不可能，有谁愿意过穷日子？反正我是穷怕了，从小吃着没有油水的饭菜，放下碗转个身就饿得头发晕，这滋味不好受。再看看父母整天为了柴米油盐愁得连笑容都是苦的，小小年纪我就感受到了生活的沉重。"

"难道我抛弃铁饭碗，这么瞎折腾，错了？"

"不，我没错。父亲四十二岁就去世了，不能报答他的养育之恩，我常常愧疚。不知道母亲什么时候会离开，我必须快，趁还有机会，让她过上好日子。铁饭碗是安稳的，但快不了。父亲一辈子如此敬业，到离世都没有等到晋升的机会，我不能走父亲的老路！"

"难道说自己创业错了？"

"不，创业没有错，是我太心急，把对方能否帮助自己创业作为首要条件而忽略了感情基础。凭什么我就断定女人只能通过婚姻才能创业？如果说女人要通过婚姻才能创业，那么男人通过什么呢？天哪，也许还有很多条路，但我当时一根筋地认为自己已经无路可走只能依靠婚姻。因为自己错误的选择而对孩子、对母亲、对所有爱我的人造成的伤害，我不该承担责任吗？"

想到这里，我又一次打了一个冷战，一股寒气凉透了脊梁骨。我缩成一团，下意识地扯了扯被子，捂住了头，我不敢看自己……

难怪人这么习惯对别人指手画脚，原来看自己比看别人难受多了，特别是扯下"面具"后看自己……

苦心经营七年的家散了，事业毁了，儿子的抚养权也失去了……此刻意识到这是自己一手造成的，我简直生不如死。

第三章 梦想的力量

我并不想死，我舍不下儿子。死只是自己痛苦的解脱，而留给亲人的是无尽的痛。

　　时光不能倒流，人生没有回头路。是躺在谷底，好死不如赖活？还是想办法站起来，再攀高峰？

　　我心中早有答案，这也是我走进教练课程的原因。

　　最近搬家，整理书籍发现了安东尼·罗宾的《唤醒心中的巨人》。其实这本书在马来西亚机场买来翻过几页后，就一直在书架上"睡觉"。再读这本书，仿佛安东尼就坐在对面，对我说：不管你曾经做了什么，不管别人如何批评你，告诉你"你不行"，甚至你已经被打击得如此消沉，开始相信自己一文不值，但我告诉你："你行！你来到这个世上很重要，你要重新站起来，好好地活着！"

　　是的，我要站起来，我还可以有梦！

　　可是，我还能有什么样的梦呢？从前我的梦是过好日子。然而，好日子不仅仅是吃好、穿好、住好。如果心不快乐的话，这样的日子比穷日子还苦。

这是我曾经打工的一家私企老板给我的忠告。这位李老板五十出头，在别人买不起别墅的80年代，就买下了有二十个房间的别墅。他说，有天清晨，他站在街边等司机。马路对面是推着三轮车卖包子的两口子。因为很早，还没有什么路人。老婆拿出热乎乎的包子递给老公说："趁现在没人，你先吃。"老公却摆摆手说："你先吃，我张望着。"他们笑着、推让着的那份恩爱，让他感到心酸。他感慨道："要是我的日子能像他们一样多好，穷，但快乐。你看，我现在什么都有，但整天面对一个歇斯底里的太太，还有跟我抢生意的儿子，这样的日子何止是苦啊。"

那个时候，穷日子里熬出来的我哪里听得进去？

既然吃好、穿好、住好的日子并没有带给我快乐，那么什么能带给我长长久久的快乐呢？我这一生最想要的是什么呢？

成功的事业、幸福的家庭我都想要，我相信这些会带给我长长久久的快乐。那时我还意识不到，当快乐建立在拥有了什么的前提下，就好像把房子建在沙土上，不堪一击。

书上说，成为什么，比做什么重要，否则就会在做的过程中把自己给弄丢。

我早已习惯于问自己能做什么，从来没有想过要成为什么样的人。难道不是因为做了什么，才会成为什么样的人吗？可是，如果不知道自己想成为什么，又如何选择做什么与不做什么呢？

人的一生有这么多的角色需要担当。成为什么样的事业人？成为什么样的妻子？成为什么样的母亲？成为什么样的女儿？成为什么样的女人？……

　　长这么大，我第一次问自己这些问题。把事业看得最重要的我，以为只要扮演好事业角色，其他的不在话下。

　　"我要像安东尼一样，成为一名教练。"

　　"为什么呢？"我问自己。

　　"安东尼在一个常常靠人施舍才有饭吃的家庭长大，可是他改变了自己的命运，也帮助和影响了成千上万人的命运。他能改变，我为什么不能？如果我学他，就更有机会重新站起来。再说，还能帮助想过好日子的女人，不要犯我犯的错误、受我所受的苦，多好啊，助己又能助人。"

　　一确定这个梦想，我从床上弹了起来，披上睡衣，快步走到洗手间的大镜子前。刚才万念俱灰，此刻浑身是劲儿，梦想的力量让我吃了一惊。

　　眼睛肿到几乎睁不开，用湿毛巾敷了敷，对着镜子我向自己承诺："从这一刻起，我要为自己的现在和未来担起责任。凡事先从自己找原因，改变自己，为梦想而奋斗！"

第四章

原谅的功课

有梦，每一天都是一个新的日子。放下过去，我对自己说。我以为和大家说出过去，就是放下。所以，当导师给机会分享时，我第一个站了出来。

分享完毕，掌声持续了很久。正准备坐下，导师说："我听出你在深深地自责，凡事内看的目的是为了自责，还是承担责任？"

"都有。做错事受批评，才能改正。"

"是不是所有事情都能分对错？"

"不是。"

"是不是做错事受批评才能改正？"

我一时答不出。突然想起当年在酒店打工，周末和朋友去海边玩到很晚。周一早上房东砸门说酒店来电话，我还在梦乡。冲回酒店，一进大堂，就看见我的上司正替我当值。不等我开口，他说："一定还没吃早餐吧，我替你叫了早餐在我的办公室，吃完赶快下来，马上要开早会了。"心一热，我的眼泪直在眼眶打转儿。不过，就算被他狠批一顿，我也接受。

"别人怎样我不敢肯定，但我一直用自责激励自己进步。"

"当你常常自责时，你对自己满意吗？"

"不满意，记忆中似乎没有对自己满意的时候。"

"你对自己不满意时，感受如何？"

"沮丧、懊恼，然后更多的自责。"

"在沮丧、懊恼、自责的情绪状态下追求进步？"导师问。

"很辛苦，但不知道问题出在哪儿，现在才看清。"

"现在看清了什么？"导师紧追不舍。

"错了就错了，承认就好，不必过于自责。"我说，"关键是承担责任，下一次做好。"

"不论对错，都是一种选择。每一个选择，往往是为了自己未被满足的需求。"导师说，"试着对自己说：'亲爱的，尽管过去的选择你现在后悔了，但那是你当时能做出的最好选择。我原谅那时的你，原谅此刻责备自己的你。'"

我说不出口，但一股暖流涌到心底，我哭了。

"'凡事内看'的目的不是为了自责，而是为承担责任，从我做起。"导师说，"若内疚自责，需要学会原谅，这就是我们今天要讨论的主题。"

为什么需要原谅呢？有些人、有些事，忘掉不就可以了吗？原谅是多余的。而我对儿子造成的伤害刻骨铭心，原谅是不可以的。"哎，别想了，听老师说吧。"我几乎说出声。

导师在讲露易丝·海的故事，她是美国久负盛名的心理治疗专家、心灵导师。露易丝一岁半时父母离婚，五岁时遭邻居强暴。受尽继父凌辱和虐待的露易丝，十六岁时产下了一个女婴。嫁给一个英国富商十四年后，她被丈夫抛弃，然后有一天她被诊断出患了癌症。已经从事心理咨询的露易丝知道，自己的癌症是由于埋藏在心中的深深的怨恨长期得不到化解，她不愿意放弃对童年时期的"他们"的愤怒和怨恨。

　　"我恨过去，我不想原谅。我没有改变自己，也没有清除心里的怨恨，我离家出走，因为这是让我忘记过去的唯一办法，我想我已经抛开了这些痛苦，实际上我只是埋藏了这些痛苦。

　　我用美丽的精神外衣掩盖了自己的感觉，并隐藏了许多不良情绪，我把自己封闭起来，感受不到自己的感觉，我不知道自己是谁、在哪里。

　　……

　　是的，我的童年饱受苦难和虐待——精神的、身体的、性的。可那是很多年前的事了，这不能作为我现在对待自己的方式的借口。因为我不宽恕，我用癌细胞来吞噬我的身体。现在该是从过去的噩梦中走出来的时候了……没有多余的时间可以浪费了……"

露易丝·海

　　就让癌细胞吞噬我的身体吧。从前，我以为自己是受害者，心里多少有点安慰。现在不能赖账了，我今天的处境是自己一手造成的。"我谁都可以原谅，唯独不能原谅自己。"我居然说出了声，吓了一跳。

导师和同学都望着我，我脸红了。

"原谅是一个选择，是为放下过去而做的选择。"导师说，"怨恨与内疚，是不肯放下过去。拿今天陪葬昨天，值不值？这又是一个选择。不惜以生命的代价来惩罚自己，你的儿子怎么看呢？他希望妈妈这样吗？"

不要提我的儿子，我心里说。不争气的眼泪啊，又夺眶而出。我当然知道儿子想要的妈妈是什么样子。那一天，我拉着四岁的儿子往书店走。书店是我俩都喜欢逛的地方，我对他说："妈妈今天去买一本书，一本能教妈妈怎么让宝宝开心的书。"

"妈妈，妈妈，我也要买一本书，一本怎么能让妈妈开心的书。"

"宝宝就是妈妈的开心果。"我蹲下身，一把把儿子搂进怀里，偷偷地抹去不争气的眼泪。

我该让自己开心，至少为了儿子。可是儿子已经不在身边，开心与否，有什么用呢？不过，这么惩罚自己，万一真弄出个癌症怎么办？你想得太多了，可是我不能不想。天啊，还有我的梦想。昨天才承诺自己，今天却不肯放下过去。看来梦想之路，没有一件事是容易的。

"今天的处境源自昨天的选择，明天在哪里取决于今天的选择。"导师说，"人的一生，总会有些人、有些事有意无意地伤害了我们，而我们也有意无意地伤害了别人。过去如此，现在、将来还会如此。所以，原谅不是一时之事、一日之功。"

"如果我认错，对方不肯和解呢？"有同学问。

"原谅不等于和解，它是单方面的选择，与对方如何无关。"

"不是我的错，我也要原谅吗？"同学又问。

"原谅是为释放自己而做的选择，与谁对谁错没有关系。但是，原谅不等于忽略自己所受的伤害，不代表对方没有错，也不是让过错方逃避惩罚。"

既然我也是过错方，理应受到惩罚。不原谅的危害，我懂。不过，这次的错太大了，大到无法弥补，我不配被原谅。当下，自责悔恨是我想要的惩罚。也许有一天，痛苦不能承受时，我会原谅自己的。

"如果当下做不到原谅，"导师说，"不要强迫，不要自责。像爱孩子一样，对自己温柔点儿、耐心点儿。过去终会成为过去。"

导师有读心术，我想。抬起头，看见导师正用那双会说话的眼睛爱怜地望着我。

第五章

打破常规，创造可能

一副手铐：笼内笼外

今天导师发给每人一个红色的大信封，鼓鼓的。

"是奖品吗？"大家迫不及待地扯开信封……

"啊？一副塑料手铐！"有同学把手铐举过头顶叫出了声。

"还有一幅画！"不少同学把画托在胸前，前后左右来回晃，好像别人看不见。画的四周印满了铐住的双手，中间是一个手脚被层层铐住的人，没有五官的脸部画了一个问号，下面是四个大字："打破枷锁！"

大家交头接耳，这时导师说话了，"现在想象画中这个手脚被铐住的人就是你……"

看见手铐，我身上已经阵阵发冷，根本没法想象自己被手铐铐住。小时候，常有临刑前的犯人被押到父母的单位，游行示众。他们戴着手铐，五花大绑，面无表情地站在军车上。一想到枪声响起，他们就永远倒下了，我幼小的心灵充满了恐惧。永远不要干坏事，永远不要像他们一样被铐起来。小小年纪，我就这样告诫自己。可是导师为什么让我们想画中被铐住的人就是自己呢？

"很多人把自己铐起来，活在笼中。"导师说，"有一些人用怨恨、抱怨、借口、懊悔、自责、消极、被动、拖延铐住自己，给自己判了无期徒刑。他们最爱想的是：这不公平，为什么是我？为什么没有伯乐发现我？我为你放弃一切，为什么你这么对我？我付出这么多，为什么得到加薪晋升的不是我？我这么努力，为什么失败的人总是我？……即使不开心，他们每天还是继续着这一套常规！即使完全可以走出笼外，他们却没有。为什么呢？"导师问。

"害怕。害怕什么呢？他们早已习惯了笼内的生活，早已相信他们的世界就在笼内。"导师说，"还有一些人，学校是名校，专业是热门，工作是大家公认的好工作，爱人是大家眼里的好太太、好丈夫，还喜欢说我曾经如何……他们不知道别人的期望、过去的成功正在把自己囚在笼中。直到有一天，内心深处那个声音问：'难道你活着就是为了一个别人想让你过的人生吗？'……他们想走出笼外，但是他们害怕，害怕失去已经拥有的财富、名誉和地位。"

"还有一些人，浑身上下贴满了标签。"导师继续说，"我就是个倒霉蛋，我不会说话，我比不上人家，我不够聪明，我不够漂亮，我不够这、不够那，不够……也许这不过是儿时同伴的一句戏言、父母的一句无心之语、某些人的恶意所为，只是他们相信了。从此让自己变成了标签中的那个人，从来没有想过撕下标签，也许还有一个未知的自己等在那里。"

"能在这些人当中，找到自己影子的，请举手。"导师问。

所有人举起了手。有一个人的举手——导师，令我们愕然。

"是的，在人生的某个阶段，我们都会有身处笼中的感觉。"导师说，"笼内笼外，是个选择。如果你觉得笼内安全舒服，情愿留在里面，未尝不可；否则，你完全可以走出来。因为你就是那个给自己判了终生监禁的法官！为什么你不肯释放自己？你还在等待什么？"导师那坚定的目光扫过一张又一张脸。

"啪！"一个同学把手铐丢在了地上，狠狠地踩上去。一个又一个跟着照做，一时间，教室里"咚咚咚"的踩脚声此起彼伏。我讨厌手铐，但还是决定保留，算提醒自己吧。

"老师，有什么办法可以不怕走出笼子呢？"有同学问。

"你想走出来吗？"导师问。

"我想，但是害怕。"

"怕的是什么？"

"我已经习惯了笼内的生活，对笼外的世界一无所知。我怕自己没有能力，怕失去已经拥有的。"

导师转过身，在黑板上画了一个灰色框和黑色框。她告诉我们，人的一生活在这两个框内。

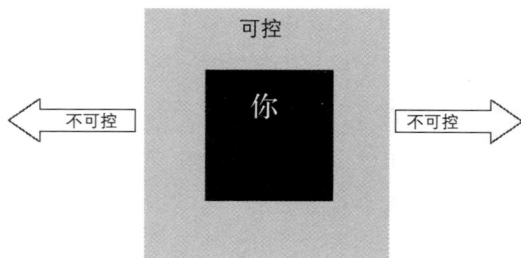

灰色框以外代表不可控因素，比如天灾人祸、生老病死

等。灰色框以内是人能够控制和影响的。但是，人在灰色框内，另外给自己画了一个更小的黑色框，从此把自己囚在黑色框内活动，而放弃了黑色框外原本可以控制和影响的天地。

残疾人的故事最能说明这一点。不论有什么残疾，总有一些人受限于自己的残疾而缩在黑色框内写故事，还有一些人不畏残疾走出黑色框写常人写不出的故事。台湾的杨恩典没有双臂，却用口足画出了一个画家的故事；贝多芬失去了听力，他用生命创作了影响世界的《命运交响曲》；海伦·凯勒生下来十九个月后就变得又聋又哑又瞎，但这没有阻碍她成为十九世纪最出类拔萃的人物，她的书《我生活的故事》被译成五十多种语言，两百年来影响了世界各地一代又一代人。这样的例子举不胜举。

我有一个客户叫艾琳（化名），导师说，她天生丽质，家庭条件优越。从小喜欢艺术，梦想自己能拉小提琴、能画画。母亲也认为她是搞艺术的料。艾琳的先生酷爱音乐，拉得一手好提琴。但是直到退休，艾琳还是不会拉小提琴、不会画画。为什么呢？她怕学不会被老师批评，被人笑自己蠢。这样的人其实也不在少数。

想想看，有多少困难，比训练用口和脚来画画更难？有多少困难，比听不见而谱写乐曲更难？有多少困难，比听不见、看不见、说不出而读书写作更难？一个四肢健全的人，有什么理由不相信自己有能力走出笼子?!

怕失败，怕失去所拥有的，怕被人笑话，可是除了生命，人真正拥有的有什么呢？财富、名誉和地位，有哪一样能换来生命呢？

没错，人是有限的。但是，有限的人，不论是谁，不论被贴了多少标签，不论过去如何，只要清楚走出去的目的和意义是什么，一生完全可以在灰色框内创造数不清的可能。可惜的是，不少人把自己囚在了黑色框内。能来学习教练课，你就是与众不同的。教练的世界，就是打破枷锁、创造可能！

"老师，我丢下一切，奋不顾身地走到笼外了。"我说，"我是想清楚了为什么才走这一步的，但出来后我就后悔了。为什么会这样呢？"

"你为什么要走出来呢？"

"笼内太痛苦，我觉得人生就几十年，人应该快乐地活着。"

"为什么又后悔了呢？"

"出来后意识到，我把儿子生出来，却不能给他一个完整而幸福的家，我没办法快乐。"

"你能认识到，就还来得及。"导师说，"人活着，不能只为自己。当一个人只顾自己的追求，而忽略甚至牺牲他人的利益，最终受伤的还是自己。所以不论做什么事，不能不考虑对他人是否有益处。"

紧接着导师转向大家，说："走到笼外，并不意味着结束一段关系、辞掉一份工作，这些不过是表象，因为真正铐住我们的并不是一段关系、一份工作。"

那么，铐住我们的又是什么呢？

2 手铐从哪儿来

要知道铐住我们的是什么，首先要明白手铐从哪儿来。导师说，手铐来自于我们的限制性思想。思想包括我们对自己、对人、对事、对世界的信念、看法和想法。不是所有的思想都有限制性，那么为什么有些会限制我们呢？

人所共知的是，人对自己的认知只是冰山上的一角。因为与生俱来的一些因素、成长经历、所受的教育、所处的文化背景、所积累的经验等，人的认知难免有被扭曲的部分。自我认知的有限与扭曲，导致了人对自己、对人、对事、对世界所形成的思想是有局限的。同一件事，不同人有不同的看法。而人往往对自己的看法、想法信以为真，对权威、对专家的意见毫不质疑。这样一来，限制性思想无孔不入。我们每一天、每一件事都有被铐住的可能。

"老师，如果每件事都有被铐住的可能，我又怎么知道呢？"我问。

"教练的凡事内看、承担责任就是一个开始。"导师说，"人，并非总是有脱离某种环境、某些人或者某些事件的自由，但人在面对这些时，有选择立场的自由。不愿意承担责任而向外推，等于放弃了自己的控制权，甘愿被环境、被人、被事件铐住。责任与控制是成正比的。承担的责任越多，控制的范围越大；反之，越不愿意承担责任，可控的范围就越小，最后落得手脚都被层层铐住的结局。"

　　"为什么说推卸责任，就等于放弃控制权呢？"我又问。

　　"你有没有说过类似的话，'不是我，是你、是他、是父母的错，是孩子不听话，是老师不够好，是老板不好，是人奸诈，是人懒，是位置不好，是经济萧条，是……'？"

　　"有。"

　　"当你这么说的时候，言外之意是什么？"

　　"不是我的错。"

　　"不是你的错，你愿意承担责任吗？"

　　"不愿意。"

　　"既然是别人的错，别人肯不肯承担责任，你能控制吗？"

　　"不能。"

　　"既然是别人的责任，现状的改变，你能控制吗？"

　　"不能。"

　　天啊，我明明想要的是更多的控制：控制自己的命运、财富、时间、健康，甚至控制爱人、孩子……我这是怎么了，这么轻易地放弃控制权？为什么我不去承担责任呢？

　　不过话得说回来，我实在是不知道自己有责任啊。学教练课程之前，我一直心安理得地认为都是别人的错，一直觉得自己是"受害者"。无论如何想不到这么做，等于放弃了控制权。原来这些年我的人生是失控的，我竟然不知道。

不过我还是弄不懂，天天跟自己在一起，先看到的应该是自己才对。我怎么会习惯于先找别人的错呢？

自我保护吧，我害怕认错。认错太没面子了，就算不用承担什么后果，单单被人笑话和否定，就足以让我难受好些日子了。如果找别人的错，自己是"受害者"，人家多半会谅解，自己心里也好受。

假如知道"受害者"的人生是失控的，我情愿选择"承担责任"。难怪教练要学习"凡事内看"，只有向内看，才能看清自己的责任。如此看来，"凡事内看，承担责任"，不只是一种选择，更是一场拿回控制权的革命。

3

一面镜子：这是真的吗

　　我从来不喜欢看卸妆后的自己，准确地说是不敢看。一是长得不够漂亮，二是三十多岁了，已经过了花容月貌的年龄。让我望着镜中自己的眼睛，轻声呼唤自己的名字，说"你很美，我接纳你这个样子，你配得上拥有你想要的生活"，我觉得很可笑，根本开不了口。

　　可这是老师的作业。想想来这里就是为了改变自己，所以我还是站到了镜子前。但仍然没办法看自己的眼睛，内心全是对自己否定的话语，怎么也说不出老师要我对镜子说的话。无奈我慢慢平复心情，按照导师的要求，对自己当时的心理状态一一做了记录。

　　没想到，第二天走进课室，不止我一个人，大多数同学都没办法对着镜子说出那番话。更让人吃惊的是，大家照镜子所记录的心理状态却惊人地相似。

　　"我不漂亮。"

"我太年轻了。"

"我太老了。"

"我太胖了。"

"我太老实。"

"我总是钱不够花。"

"我永远都找不到真爱。"

"我什么事都做不好。"

"我笨手笨脚的。"

"我不会说话。"

"好机会轮不到我。"

……

这些就是导师说的标签吧，原来大家都被贴上了标签啊。导师说撕掉标签，会发现一个未知的自己。那个未知的自己会是什么样呢？如果这一生都没有发现，会不会有点遗憾呢？换成我，肯定会。那么，撕掉标签的我会是什么样呢？还是不要胡思乱想吧，标签还没撕下来，能想出什么来呢？

"这些标签都是真的吗？"导师问。

"是。"

"不是。"

同学们七嘴八舌地回答。

"如果是真的，为什么？"导师接着问。

"别人都这么说。"

"很多事都证明了。"

"这是明摆着的事实。"

答案五花八门。

"你相信这些证据吗？"

有回答相信，有回答不相信的。导师没有理会我们意见的不同，继续问："你为什么相信这些证据？"

　　很久，没人回答。

　　我一遍遍地问自己："我为什么信？"难道就因为他们说"你心比天高，命比纸薄，摊上了个倒霉命。"我就该相信吗？

　　九岁那年，我和同学在上学的路上，蹲在水库边捉蝌蚪玩。突然觉得背后一掌，我一头栽进水里。瘦小的我根本没有力量自己从水里上来，就在我呛得喘不过气的一瞬间，有一双手把我拽了上来。原来是身旁的同学救了我一命。

　　那时，我丝毫没有意识到自己离死亡那么近，只想着一定不能让父亲和老师知道。马上就要迟到了，顾不上冻得瑟瑟发抖，我捋了捋淌水的头发，拧了拧湿透的棉袄袖子，和同学一路小跑奔向学校。可是刚坐下不到五分钟，父亲便出现在了教室门口。

　　"坏事了，一定是哪个哥哥姐姐看见我掉进水库，向父亲报告了。"顿时，我吓得脑袋一片空白。随后，父亲便示意老师叫我出去。

　　我不敢看任何人，低着头往外走。心里七上八下，不知道父亲将会如何处置我。就在我前脚即将跨出门口的一刹那，父亲狠狠地给了我一巴掌。我蒙了一下，然后飞快地往家跑，听不见父亲的训斥，也不想听同学的嘲笑。

　　第二天，我走进教室，恨不得能隐形。很奇怪，我这个平时不起眼的小女孩，突然受到了大班长和其他同学的关注。他们的关心让我受宠若惊，以至于这一年我凭借优异的成绩和超高的投票数被评上了"三好学生"。

从此以后，我好像转了运，不仅学习成绩突飞猛进，而且还备受老师和同学的喜爱。父亲也没有再打过我。

　　同学的弟弟在水库游泳被淹死了，我没被淹死岂不是大难不死、必有后福？还有我的英语老师，为培养我学英语，把她的录音机借给了我。那个年代，电视机都是奢侈品，哪有钱买录音机？班里英文好的学生不止我一个，老师凭什么单单借给我呢？还有大学的辅导员，把最好的家教机会留给了我，那时家里有困难的学生多着呢……我一件一件数着，似乎发生在自己身上的好事并不比倒霉事少。只是我一直认为自己就是个"倒霉命"，注意力全放在倒霉事上，就怎么看怎么倒霉了。

　　"如果这不是真的，会怎样？"导师的提问，打断了我的回忆。

4

不是真的会怎样

"如果这不是真的，"我说，"我就不会以这些标签为标准来决定自己能做什么、不能做什么。没准我会成为另外的样子，或者很多不同的样子？"

"完全有可能。"导师说，"小的时候，是人给我们贴了标签。但是成人后，是我们自己保留了这些标签。人的一生，不管愿不愿意，难免被贴上各样的标签。这些标签，无非是别人和我们对自己的看法。不论多少，都不能代表一个人的全部。因为不论贴的是什么标签，只要贴上，其他的可能性就被排除在外了。

马克斯维尔·茅兹是二十世纪美国著名的整形医生，很多人以为找他做隆胸、隆鼻等整容术后就会快乐。但是，马克斯维尔发现，整容后，尽管这些人的外表看起来已经很漂亮、英俊，但他们思考、说话、做事方面却好像什么也没发生过，依然不快乐。为什么会这样呢？经过进一步的研究，他发现人心中有一个"自我画像"。心中的"自我画像"不变，外表的整形只是面子功夫。他说"自我画像"影响了人的事业、家庭、财富、幸福等等。那么，这个"自我画像"从哪儿来的呢？其实就是人从小到大贴在身上的各种标签。

所以，我们需要撕下标签。怎么撕呢？

"按老师刚才的做法问自己'这是真的吗'，然后像侦探一样，寻找足够的证据来证明标签的真假。"我说，"如果证据不足，它就不是真的。既然不是真的，又有什么理由继续贴在自己身上呢？"

话虽这么说，但又觉得有点不妥。标签能那么甘心被撕下来吗？从小到大，被贴了这么多年，标签早和肉长在一起、相依为命了。

"老师，有没有可能这一次撕下来，下一次又惯性地回去了？"

"有可能，"导师说，"这是一个不断选择的过程。撕下标签，是选择；又贴回去，也是选择。同样，这也是一个不断选择思想的过程，因为思想决定了我们最终会成为什么样的人。"

思想能被选择吗？我的思想就像呼吸、走路一样，早自动化了，怎么可能变成手动操作呢？

导师说，只要提高自我觉察的能力，去观察以及注意浮现到意识层面的想法，并加以质疑，就可以打破思考的自动化模式，有意识地做出选择。想要控制，就要选择"凡事内看，承担责任"的思想；想要走出笼外，就要选择"承担责任、相信自己"的思想；想要快乐，就要选择快乐的思想……

"老师，怎么知道我的思想属于哪一种？"我忍不住问。

"你快乐吗？"

"不快乐。"

"为什么不快乐？"

"我什么都没有了，没青春，没家，没事业，怎么快乐呢？"这么说的时候，我感觉自己的心开始下沉。

"你之前已经拥有了这些，那个时候你快乐吗？"

一时间我感到身上的皮在被导师一层一层地剥离，心疼得说不出话，"不快乐，都是他……"

意识到惯性又把我的手指头指向了别人，我马上改口说："这么说，是我让自己不快乐的？"

"你自己觉得呢？"导师又把问题抛回给我。

我没出声，感觉心里好像有两个小人在打架。照这么想，三十多岁单身没事业的人，就没办法快乐了？那四十岁以上的人就只能凄惨地走完人生？好像不对，我的英语老师很年轻就死了丈夫，但是，别人见到的都是她灿烂的笑容。

"按理说，是我让自己不快乐的。可是，面对这么多不开心的事，我怎么快乐呢？"

"你有能力不快乐，就一定有能力快乐。快乐是选择，取决于里面，与外面的人、事、物无关。我们没有办法改变已经发生的事，但可以改变对事情的看法。想想看，如果把那些让你不开心的人当作人生的老师，把那些让你不开心的事当作人生成长的机会，你的感受会如何？"

我没办法把伤害我的人当老师，但是这些不开心的事能让我学到什么呢？对啊，事情已经发生，至少要学到点教训，不然就白受苦了。真是奇妙，还没想到能学些什么，但这么一问，已经让我刚沉下去的心又升起来了。

原来，不同的问题引发不同的思考，不同的思考导致不同的选择，不同的选择带来不同的结果。这么说，我不用等到拥有成功的事业、幸福的家庭才能快乐，我现在就可以让自己快乐，选择权在我啊。

晚上，我试着又来到了镜子前。第一次和镜中的自己目光对视，我流下了眼泪。这么多年，我从来没有怀疑过那些贴在自己身上的标签，从来没有问过自己："这些是真的吗？证据是什么？我为什么信这些证据？"

此时，我真想走进镜中，拥抱那个被委屈了那么多年的自己，轻声地对她说："你很美，我接纳你这个样子，你配得上拥有你想要的生活。"

5
不试怎知道

几天的学习，我已经开始习惯性地问：有没有可能我的想法铐住了自己？我的想法是真的吗？依据是什么？……

今天导师要求我们做一个游戏。原以为手铐砸掉了，我们已经不在笼中。没想到，游戏还没开始，我们就把自己又铐住了。

游戏的要求是大家排队依次从 A 点走到 B 点。每个人、每一次的走法必须不同。如果重复，需要重走。音乐响起后开始走，直到音乐停。

"三十六个人走三圈，走出一百零八种不同的走法，可以吗？"导师问。

"不可能！"有同学说。

"为什么不能？"

"人就两条腿，哪能变出一百零八种的花样。"

"不试怎知道？"说着，导师按响了音乐。

令人亢奋的乐声让我们忘记了担心，一心想着做什么动作，不和别人重复。同学们一个赛过一个，平常想不到的招式全使出来了。音乐停止，只见导师在黑板上写了一个数字：108，后面画了一个重重的"！"。

大家抱在一起，又跳又叫，就像一群刚拿下一座山头凯旋的士兵。

"如果让你们继续走，还能不能再走出108种？"导师问。

"能！"

"为什么能？"

"因为试了以后，发现配合身体其他部位有太多的花样可以创造。"

"如果一开始，就认定没可能，会是什么结果？"导师又问。

"根本不会试！"

不是什么都能试吧？人到底是有限的，也不是什么都有可能。最怕明明有可能却当作没可能，我大概就属于这一种，只要我认为不行，别人再怎么说行我也不会干。可是，我怎么就那么肯定不行呢？过去不行也许今天就能行了，没见过也不代表没可能啊，没准儿别人的意见也有对的。想想，我这么固执己见，错失了不少机会。毕业那年，考上北大研究生的同学花了一个下午，劝我考北大，我就是认为自己没可能考上；还有那位投资计算机厂的美籍华人，因为我翻译给他的专业资料通俗易懂，多次劝我不要去南方，留在西安帮他。那时没见过计算机的我，哪能想到它的未来，我谢绝了……要是当时肯试一下，我的今天会是什么样呢？如今我已经三十多岁，实在是没有多少机会可以再错失了。不过，我要怎样避免这样的错误呢？

记得创建英国维珍集团的理查德·布兰森曾说，在生意场上就好像身处非洲，被一群狮子包围，一打瞌睡，就可能被狮子吃掉。限制性思想就是狮子啊，不是我控制它，就是它吃掉我。要想不被吃掉，必须时刻警醒才是。对，多想想狮子，就不会想当然地认定这不行那不行了，我对自己说。

"是不是试了，就一定能像我们刚才的游戏一样，达到预期的结果？"导师问。

"不一定，"我说，"谋事在人，成事在天。但试一下，至少有成功的希望。"

当年我怀揣梦想闯了一回，也错过了许多本可以试一下的其他机会。今天看来，我的人生一团糟。不过，我也算是试了一回。我还要试一下，只要梦想还在，我就要继续试下去。

教练是一面镜子

　　学习"凡事内看",突然发现老师、同学、路人,都成了自己的镜子。我的脑袋里装满了镜子、手铐、牢笼和狮子,这就是教练思想吗?每天这样高度紧张,我会崩溃的。

　　"学了这么多天,你们说说,教练到底是什么?"导师问。

　　"教练是镜子,让人看到限制性思想,像手铐一样把自己囚在笼中,"我说,"限制性思想也是狮子。"

　　我其实想说出自己的困惑,导师看出我欲言又止。她说,用狮子提醒自己保持高度警醒,不错,只是不要令自己陷入紧张恐惧当中。限制性思想不是一日而成的,要给自己时间和耐心。

　　教练思想不仅仅是一面镜子,导师接着说。为什么呢?她开始给我们讲一个教练的故事。

　　二十世纪七十年代,美国有一个网球教练添·高威。他发现了一个秘密。这个秘密让他可以在二十分钟内教一个从未打过网球的人学会打网球。这在当时引起了很多人的质疑。

美国 ABC 电视台以质疑者的身份组织了一次现场实验。他们招募了二十个从来没有打过网球的人，要求高威在二十分钟内教会他们，并现场计时。其中有一位叫茉莉的女人，穿了一条几乎拖到地的连衣裙。体型肥胖的她，二十多年来没有过锻炼。这样的选手，你一定替高威捏一把汗。

但是，二十分钟内奇迹出现了——所有的电视观众看到，穿着长裙的莫莉在场上跑来跑去，虽然不方便，但却能自如地打网球了。

这个秘密究竟是什么呢？

高威将他的秘密总结成了一个公式：表现＝潜能－干扰。也就是说，一个人做得如何，很大程度上取决于干扰的排除。这个干扰来自外在和内在。

外在干扰是看得见的。以打网球为例，核心的干扰便是球技。人往往以为练好球技就能打好网球，因此传统的方法一直注重球技的训练。而内在干扰，比如恐惧、不自信等等，因为看不见，并没有引起足够的重视。

高威最初也是按传统的教法训练球员。但是，他发现给的指导和纠正越多，球员反而进展不大。有一天他无意当中偷了一下懒，减少了指导和纠正，球员反而进步了。他有些挫败，好像球员自己进步，他这个教练没功劳了，这促使他进一步了解到阻碍球员进步的到底是什么。

结果他发现球员在接球前后内心有对话，教练的指导和纠正全部转化成球员内在的自我指导和自我评判，正是这些内在对话干扰了球员更好地发挥。于是他一改过去那种一味传授网球技巧的做法，转而帮助他们克服内心的各种干扰。

　　比如，对于体型肥胖的茉莉来说，二十多年没有运动，她根本不相信自己能学会打网球，更不用说是在二十分钟内。高威没有告诉茉莉"你一定要相信自己""你一定行"，也没有告诉她球拍怎么拿、怎样挥臂才能接住球。相反，他告诉茉莉球飞过来时，看到球落地，就说"弹起"，接着说"接球"，同时接球。高威示范了几遍，然后由茉莉自己做。七分钟后，茉莉基本能接到球，她开始有点信心了。接着高威将球全部发到茉莉的右边，让她听自己击球的声音像什么，然后又发到左边让她听。茉莉左右挥动球拍，可以自信地接到球了。十七分钟时，高威告诉茉莉，要教她"跳舞"，舞名叫"发球"。说着，高威嘴里哼着曲子，做了发球示范。两分钟后，莫莉学会了，最后一分钟，莫莉上场比赛。

　　高威说，打网球和孩子学走路的道理一样。父母不会教孩子先迈哪条腿、用多大的力，因为孩子天天看人走路，怎么走身体已经有记忆。父母只需要鼓励孩子，并提供必要的保护，让孩子觉得是安全的，这样孩子在走的过程中，身体会自动纠正错误。同样的，高威并没有给茉莉规定"接球"和"发球"的标准动作，而是不断做示范，令茉莉产生身体记忆。当茉莉学接球时，高威让她看球落地、落在哪边，听击球的声音像什么，等等，使得莫莉的注意力集中在球上，没有机会想自己的动作够不够快、姿势是不是漂亮，自然就没有了内心的评判。没有内心的干扰，二十分钟能学会打网球，也就不出奇了。

　　当然，这并不是说学习专业知识和技能不重要。要想有好的表现，外在和内在的干扰都需要排除。

高威的秘密法则很快跨越了网球界，被广泛应用于足球、篮球、演艺、绘画、音乐、教育、个人成长、家教、夫妻关系、健康、销售、企业管理等各领域。

　　这就是教练的起源。经过几十年的发展，心理学、管理学、伦理学等多学科丰富了教练的内涵，使得教练的应用几乎普及到生活的方方面面。

　　那么，为什么教练不只是镜子呢？高威教练不就是做镜子吗？不完全是。

　　教练能通过照镜子让一个人看清所遇到的干扰，特别是内在干扰。但是，看清以后怎么办呢？是排除还是逃避，取决于人自身，而不是教练。人愿意克服干扰，持久的动力来自梦想和目标。如果一个人不想学网球，高威教练再有能耐，也没可能在二十分钟内教会这个人打网球。

　　所以，教练是以目标为导向的。没有目标，就没有教练。运动员想要的无非是学会一个体育项目。要么是为个人业余爱好，要么是作为职业选手赢比赛，目标非常清晰。人生，不是业余爱好，喜欢了玩一下，不喜欢丢到一边，可以找另一个爱好替代。人生是全职的，不管喜不喜欢，都要走下去。而且，只能自己走，没人可替代。人生赢什么，也是没有办法一概而论的。况且，人是独特的，每个人来到这个世上，有既定的目的和计划。但是，很多人，并不知道自己想要的是什么；有些人以为知道，但最后却发现一生所求的并不是自己真正想要的；有些人，走着走着就忘记了出发时的初衷，迷路了。

　　因此，教练只做镜子，是远远不够的。教练，又是指南针，给人指明方向。当然，教练的方向不是乱指的，必须是正确的方向。方向如果不对，教练只会让人错得更深更远。比如，一个教练帮助人排除干扰去坑蒙拐骗，违背道德，甚至做违法犯纪的事情，这其实是在犯罪。不过话又说回来，教练不能强迫一个人朝哪个方向走。想想看，指南针在人迷路时，只是给了方位，最终往哪儿走，在于人自身的选择。既然是自己选择的，哪怕走错，责任也在自己，不在指南针。

这对教练的要求很高啊，我想。如果一个教练自己没有正确的人生观和处世观，岂不是瞎子引瞎子，两个一起掉进坑里？这么说，教练不仅传授知识和经验，更担负着育人的重担。教练要想做好指南针，应该不是嘴上讲一套大道理那么简单吧？如果教练做不到"凡事内看，承担责任"，整天抱怨，对人没有宽恕之心，活在笼内的世界，会有说服力吗？不过正确的为人处世，也不止导师教的这些吧？是不是"师傅引进门，修行在个人"？

"教练给人照镜子、做指南针，是不是就足够了呢？"我开口问。

"不一定。"导师说，"教练也是催化剂。人或多或少都会有自我怀疑、自我否定、觉得不够好、担心做不好、害怕失败的时候。遇到挫折打击，这种情形更严重。这时候教练的肯定和鼓励，就是给人充电、加油，点燃人的发动机。再坚强的人，也有脆弱的时候。还有一些人取得一点成绩就沾沾自喜，原地踏步，丝毫意识不到危机的来临。这时候教练的挑战犹如当头棒喝，让人清醒，做好应对危机的准备。"

要是我那时有一个教练，也不至于弄到今天的局面。我想，人人都应该有一个教练。运动员都有教练，为什么人生就不需要教练呢？也许人对自己信心十足吧。可是，为什么囚在牢笼那么痛苦却不敢走出来呢？也许人生之路前人都走过，照着走就好嘛。可是，人不是想做命运的主人吗？

　　也许是像我一样，不知道教练的存在，更不知道教练能帮自己什么。如果说当初看了安东尼的书，只是凭着对他的崇拜而喜欢上教练，那么这些日子的学习，让我更加肯定了选择教练是正确的。

教练怎么照镜子

镜子有多种，有把人变瘦、变胖、变高、变矮的。除非为了开心一刻，我想，人还是喜欢能看清自己的镜子。

镜子本身没有感情，没有思想，不会说话。当然会对镜中人全然接纳，美丑都照，不会做任何评判，更不会要求镜中人应该这样、应该那样。不过，教练是人。人是有感情有思想、会说话的，难免有情绪、有个人喜好。遇到自己不喜欢的，能做到全然接纳，不做任何评判吗？答案是肯定的，因为高威教练做到了。既然教练在全世界风行几十年，说明还有很多人做到了。那么，他们是怎么做到的呢？我弄不懂，只得向导师求教。

她告诉我，做到这一步，首先教练需要接纳两条总原则。

第一，爱人如己。像爱自己一样，爱别人。一个不爱自己的人，不会接纳自己；不接纳自己的人，不可能接纳别人，更不可能不做评判。爱自己，不等于自私，只顾自己的利益。心中有爱，才能给出爱。就好比一个橙子，不论谁来挤，不论什么时间挤，不论是机器还是手工挤，挤出来的只能是橙汁，不可能是其他任何果汁。

第二，信任。信任是一种选择。教练相信人还有未被开发的潜能，相信人是可以改变的，相信人有能力为自己做出选择。所以教练往往通过提问引导人自己找到答案，而不是采取说教的方式。当然，信任不是盲目的。

这是一个没有尽头的境界，你没有可能一下子完全做到，不要急于求成，在实践的过程中慢慢体会。

"教练的照镜子，是不是仅限于让人看清所遇到的干扰？"我问。

"不是，"导师说，"镜子美丑都照，教练也如此。照哪个部位多一点，因人而异。有些人眼里只有自己的丑，心中的自我画像被扭曲和丑化，这时教练照美的一面多；有些人看自己只有美没有丑，太自以为是，这时候教练照丑的一面多。"

总之，教练的照镜子，首先是帮助人重新认识自己，开始踏上一条自我发现之旅。认识自己，才能认识他人。但是，认识自己是不容易的。老子说"知人者智，自知者明"。古希腊的大哲学家苏格拉底认为人人应当"认识自己"，过有道德的生活。可见认识自己，对人的一生何等重要。

其次，教练的照镜子，是为了开启思维，把思考的能力还给人。常常有学员说，为什么你不直接告诉我答案？我会问，我可以给你答案，但有没有一个答案可以包罗万象，解决人生所有的问题；我也可以把思考的能力还给你，拥有思考的能力，不论问题是什么，不论问题有多少，你都能自己找到答案。你要哪一个？人跟人之间，不论是处富贵、处贫贱，最本质的区别在于思考的不同。

最后，教练的照镜子，是为了帮助人看清和排除干扰，实现目标。

"教练是怎么给人照镜子的呢？"我问。

"主要是通过提问，穿插一些反馈。"

"我不会提问怎么办？"

"你不会提问？你刚才是怎么提出这么多问题的？"

"因为我不懂教练作用，所以好奇，想弄明白它是什么。"

"这就对了，"导师说，"权当自己不懂，为满足好奇心，自然就能提出问题。好奇心，我们本来就有。想想小时候，是不是有特别多的问题？"

"您是说懂，也假装不懂？"我又问。

导师没有直接回答，而是给我们讲了古希腊哲学家苏格拉底的故事。苏格拉底在那个时代被认为是整个希腊最有智慧的人。有人想，如果能知道苏格拉底所知道的，就能变得和他一样有智慧了。于是来问苏格拉底："您知道些什么？"苏格拉底回答："我只知道一件事。"这人高兴地想，原来知道一件事，就能和苏格拉底一样有智慧，这真是太好了。于是又问："那一件事是什么呢？"苏格拉底回答："我唯一知道的是我什么也不知道。"

苏格拉底这么博学而有智慧的思想家，却说自己什么也不知道，是他假装不懂、明知故问吗？不是。相反，他认为，坦诚地承认无知的人，不仅不会变得无知，反而会在交流对话中获得重要的知识。他不喜欢直接向对方传授知识或说教，他说"提问是最好的教育方式"。所以在和人交流的时候，他放下自己所知道的一切，怀着一颗好奇心，通过提问一步一步启发引导对方自己找到答案。如果对方的回答是错误的，苏格拉底一般不直接指出，而是继续引导，直到对方发现自己答案的错误。

教练的做法和苏格拉底的这种从不知到知的方法论不谋而合。可惜的是人们习惯于接受权威、专家所言；喜欢别人告诉自己如何去做；喜欢到处找现成的方法，奉行拿来主义。

"是不是有一定基础的人，才能用教练这种不给答案的方式？我儿子才七岁，遇到一个生字，我不告诉他，他还是不会呀。"有同学问。

"教练不给答案不是目的，而是为了训练人的思考能力。"导师说，"所以对你儿子，会念哪一个字不应该是最终目的，更重要的是训练他在识字过程中的思考能力。比如如何找到答案，都有哪些渠道可以找到答案，怎样记住这个答案……除了问爸爸，还有谁知道答案？妈妈？同学？语音字典？……这样训练出来的思考能力，是可以举一反三的。我们常说要创造，要有创新的能力，可是不培养思考的能力，何来创造和创新？"

天哪，我小时候的学习，很多科目不就是要死记硬背答案吗？教儿子，我只顾看他能认多少个汉字，会说多少句英文，能背多少首唐诗，却从来没有刻意训练他的思考能力。培养员工，我也是直接告诉她们如何做，从来没有逼她们动脑筋、自己想办法。结果，遇到问题又找我，我会骂她们"这么笨"。原来笨的不是她们，而是我啊。是我剥夺了她们的思考能力，难怪她们依赖我呢。

"老师，如果一个人不肯照镜子，怎么办？"我问。

"不肯照镜子的具体表现是什么？"

"不肯'凡事内看'。"我说，"就是拒绝看回自己，像您上课说的怨天怨地怨人，唯独不怨自己。"

"你为什么想给她照镜子？"

"她身上一堆问题，不改变，就是您说的自我毁灭。"

"所以你想她改变，是这样吗？"

"是的，我是为了她好。"

"她是否能改变，由谁决定？"

"她自己。"

"你能改变谁？"

"我自己。"我说，"不过，看着朋友走向自我毁灭，我漠不关心，是不是不够朋友？"

导师把目光转向大家说：这个问题是你们都会遇到的。人学习一样新东西后，往往会发现自己以及身边人的一些问题。通常助人心切，会急于用所学来改变身边人，比如爱人、孩子、朋友、同事等等。当别人不接受时，又很受伤害。改变别人从改变自己开始，先学习给自己照镜子，"凡事内看"就是开始。身教总是胜过言传嘛。

人，出于自我保护，把自己严严实实地裹了起来，只展现想给人看的一面，以博取认同和好感。而教练的照镜子，就像剥洋葱。一层层剥皮，会不舒服。不是人人都愿意，不是人人有勇气。教练需要"爱人如己"和"信任"，创造一个安全的环境，让人感受被信任、被接纳，不被评判而愿意照镜子。所以教练从不强求，就好像医生和患者，从来没有医生追着病人强迫患者看病的。

但是，不强求并不意味着教练无所为。这时候，教练会是指南针，让人看清当下的位置和未来的方向：人想过一个什么样的人生？原地踏步的后果是什么？五年、十年后能否接受这样的后果？当然，选择权在自己。人为自己的人生负责，不是为教练。

8 二十分钟学会做教练

"老师，我能不能在二十分钟内学会做教练呢？"有同学问。我们觉得有点为难导师。

谁知导师面无难色，非常淡定地回答：教练的学习有心法和技法。心法，是一种选择，比如"凡事内看，承担责任""原谅""打破枷锁""爱人如己""信任"等等，只要愿意，当下就可以选择，不用二十分钟。问题是，遇到具体的事、具体的人，我们肯不肯？

今天选择了"内看"，不代表"事事""时时"都在内看；今天选择了"原谅"，不代表从此不再有需要原谅的人和事……心法是一个不断觉察、不断选择的过程。心法也是一套做人的法则，这次学习的只是几点核心。还有关于人生最本质的问题我们没有探讨：人来自哪里？要去哪里？活着的目的和意义是什么？

任何一个认真思考人生的人，都有必要寻找这些问题的答案。否则，人没有办法正确地认识自己。身为教练，更没可能真正担起指南针的大任。

当然，像打网球一样，教练也有自身的一套技法。学会整套的技法，比如教练地图，教练如何建立信任关系，如何听、说、问，如何思考，如何分析性格、行为、价值观，等等，这不是二十分钟就能完全学会的。再者，思考能力的训练也不是一日之功。

不过话又说回来，你不需要学会整套的技法，才可以开始教练。为什么呢？

除了先天的残疾，听、说、问的基本能力你本来就有。只是作为教练，你需要技法的升级，这在后续的课程会更深入地学习。下面我跟你们分享一个在教练界广为应用的"教练地图"。有了地图做指南，不用二十分钟，你就可以开始教练了。

为什么需要教练地图呢？

很少有人没有目的地、走哪儿算哪儿这样去旅行，人一定会首先计划好路线图。教练也如此，它是以目标为导向的一种问答式的对话，不同于天南海北的聊天。有教练地图，就有清晰的提问和思考框架，不至于东拉西扯，越问越没头绪，更不用说找到问题的答案。这是著名的绩效教练和作家约翰·惠特默开发出的教练地图——"GROW"模型。

G=GOAL（目标）	你想要的是什么？你想要解决的问题是什么？你想要的结果是什么？
R=REALITY（现状）	现在的情况是怎样的？现在发生了什么？你现在采取了什么措施？
O=OBSTACLES+OPTIONS（障碍＋可能性）	你遇到的障碍是什么？你遇到了什么困难？阻碍你的是什么？有什么可能性？还有什么其他方法？
W=WAY FORWARD（下一步）	你打算怎么做？你下一步要怎么做？

这个地图，不只用于教练，思考解决问题时也可以用，我想。从前我的注意力在目标。一想到目标，就好像自己是超人，对于现状和可能障碍明显考虑不足。直到做事当中，才发现这么多因素没想到以致措手不及，紧急应变而弄得压力重重，最后在超负荷的状态下才达成目标。有了这张图，根据这几步来思考问题，应该会清晰全面。

这个模型只是你的学步车，不要任一个模型框死自己，导师说，也不要局限于这几天所学的教练心法和技法。你们完全有能力丰富教练的心法，创造属于你们的一套，甚至多套教练技法来改变人生。不少研究显示，每个人平均拥有五百至七百种不同的技能和才干。人的脑袋能够储存一百万亿项数据，可以在一秒之内处理一千五百个决定。可以说，你们每一个人都是天才，充满了尚未开发的潜能。

有谁不愿意开发潜能，看看自己的极限在哪里？假如不必害怕，有谁不愿意走到笼外，看看外面的世界究竟如何？可是，扪心自问：有多少人释放了自己的潜能？有多少人活出了自己的天性？现在，你们已经拿到了这把打破枷锁、释放潜能的钥匙——教练思维。若要如何，全凭自己！

第六章

确定实现梦想的最佳路径

读完安东尼的书，我觉得一切皆有可能；上完教练课程，我更觉胜利在握。可回到现实才意识到，再伟大的梦想也要从脚下的这一步迈出去。

　　出国留学，是我所渴望的。但出国，意味着花光所有的积蓄。钱不是万能的，但没有钱的未来，日子怎么过？万一母亲生病，需要钱，我又怎么办？这时收到了一封家书，信中说："这年头，花钱容易赚钱难。你把仅有的钱全花光了，等你留学回来，既没有靠山，又没有工作，年龄也不小了，你拿什么跟人家竞争？"家人的话不无道理。

　　"第一步迈向哪儿？"我问自己。

　　我的太极拳老师说，迈出去，先脚跟着地，探探虚实，稳了再整个脚掌落地，否则马上缩回，再探其他的地方。可是，实现梦想不是打太极，就算脚跟着地，也是有代价的。

　　一直以为自己很独立，"靠自己"是我想要的。然而，此时此刻，我终于有机会完全"靠自己"做决定了，却恨不能有人替我决定，恨不能有人告诉我这一步走得对不对，错了怎么办。

这想和做，原来不是一码事儿。我真是矛盾啊，讨厌按部就班的日子，面对不确知的未来又害怕；讨厌被人控制，自己可以控制了又担心。我到底想怎样呢？我是不是脑袋一热发了一场梦？

"不是。"我告诉自己。

"为什么不是？"

"我喜欢和人交流，喜欢帮助人、关心人，再没有比助人助己的教练事业更能发挥我的兴趣爱好了。再说，教练职业在国外已经很普及，中国一定会像国外一样，在企业和个人生活的方方面面普及教练思想，只是时间问题。"

"既然清楚不是发梦，又犹豫什么呢？"

"训练自己成为职业教练，出国和不出国，两条路都走得通。如何选择呢？"

我已经比较了两条路的利弊各是什么，但差别不大，难以抉择。从投资与回报的角度来说，怎么看，出国都是花钱最多、风险最大的。

最后，我还是选择了出国，因为本能告诉我要这么做，尽管我找了一堆理由来说服自己出国是更好的选择。我相信，即使不出国，我也能找出一堆理由。正如朋友问，难道不出国就不行吗？

我说不是。很多人从未踏出国门，但这并未影响他们成为某个领域的国内甚至国际专家。德国的哲学家康德，生在柯尼兹堡，死在柯尼兹堡，一生没有离家超过十公里，更不要说出国，但是几百年来他的思想影响了西方哲学，研究哲学的没人不知道康德。所以，我只是选择了一条我想走的路。只要方向正确，实现梦想的路有多条，不需要千篇一律。

最怕方向错了，我知道做教练是我一生要走的路，不会错。

当然，为了稳妥起见，我给自己留了一条后路。我决定在国外学教练的同时，再拿一个与教练相关联的心理学或者人力资源的研究生学位。这样万一再创业失败，可以不用担心找不到打工的机会，因为人力资源人才是国内紧缺的。

那个时候，我相信"凡事应该给自己留一条后路"。看起来是给自己的选择上了保险，但留有后路，又怎能绝地而重生呢？假如昨天可以重来，我一定不给自己留后路。这么做，不一定适合所有人，毕竟每个人的极限不同。但对我来说，奇迹发生在斩断退路之后，这是后来走了弯路才悟到的。

我以为敢冒这么大的风险出国，自己够有魄力。到英国后，发现有个中国同学，学费不足，生活费完全没有着落，通过半工半读拿到了学位，而且学习并不比其他同学差。还有一位津巴布韦的同学，以避难的身份逃亡来英国，身无分文，学校免了她一部分学费，她也通过半工半读完成了学业。

我看到梦想的实现，钱并不是决定因素。当一个人不惜一切代价想做成一件事时，路自然会开。

尽管为如何实现梦想、该走哪一条路、怎么走，我做了精心的规划。但是出发后，还是发现无论多么精心的规划，都像天气预报一样，并不总是准确的。预计不到的状况层出不穷，事业、家庭、健康像一张网一样交织在一起，割掉哪一块儿，网都会破。除非为了事业，可以身家性命皆不要，偏偏我事业、家庭、健康都想要。这几样可谓是一变俱变，挑战层出不穷，早已不是最初的路径，但方向却从未改变。

"究竟哪一条是实现梦想的最佳路径呢？"

"坚持到梦想实现的那一条路。"我说。

第七章

超越自我，为梦想而行动

1 发生在斩断退路后
语言障碍：奇迹

走在爱丁堡的街头，我的兴奋没持续几分钟。简单的问路，我要重复几遍才能听懂。苏格兰口音，怎么听都不像我听惯了的 BBC 英语。

我的专业是"行为心理学"，没有心理学知识和经验的我像听天书，老师的苏格兰口音更增加了学习的难度。

我的眉头一天比一天皱得紧。同层楼的新加坡女生简（化名）有一天在厨房关心地问我，是不是不适应。简在这里读书两年，刚毕业。和简平时还能说上几句，估计她不会笑话我，于是我告诉她，学习太吃力，我想转学人力资源管理，至少自己有管理经验。但是内心很挣扎，不知道是否要转学转专业。

听我说完，简笑了。她拍拍我的肩，若无其事地说："这不是什么难题，好解决。"我心说你来自新加坡，英文本来就好，怎么可能理解我的难处？我有些失望。简好像没看到我失望的表情，挪了挪椅子靠近我，讲起了她的故事。

简是新加坡一所大学计算机系的老师，她是学校公派留学的。来的时候，她直接插班到计算机系的三年级学习，结果根本听不懂。她不可能要求单位延长进修时间，也不敢告诉单位自己身为三年级的老师，来英国听不懂三年级的课，退学更不可能。

简是个基督徒，她不断地去教堂向上帝祷告，从而获取了信心。她相信上帝安排她到这里，她就一定有办法解决眼前的困难。简利用课余时间旁听一年级和二年级的课程。经过一年时间，她完全赶上来了，导师说她创造了奇迹。简鼓励我要坚持，我也会创造奇迹的。她甚至建议我多去教堂，认识她信赖的那位上帝。她说上帝会给我信心。

简的故事，让我看到了一点希望，但很快我又泄了气。她是两年的学习，而我只有一年的时间；她的英文比我好，我怎么可能克服这些困难？

我已经放弃，然而简没有放弃我，她拉来印度同学阿甘（化名）帮忙。阿甘还没毕业，就被伦敦的一家跨国软件公司录取，拿下了五年的工作签证，是同学中的幸运者。但是阿甘告诉我，他不是因为运气，而是因为坚持。阿甘一入学就开始找工作并参加各种大学生招聘会，了解雇主的需求，然后在学习期间有意识地从知识和经验方面积累。他大量投简历，上百封简历才能换回一个面试电话。可惜的是他心情过于紧张，常常说不到五分钟就丢了机会。阿甘沮丧过，但是他的目标是毕业后必须留在英国工作，所以坚持了下来。今天的工作，是他几年投了上千封简历的结果。阿甘鼓励我一定要坚持。他说爱丁堡大学是名校，就像奔驰、宝马一样，是雇主们的首选。

阿甘能做到，并不代表我能做到，人跟人是不同的，我还是不相信自己有能力克服这些困难。哎，试都没试就放弃了，我丝毫没有怀疑这么对待自己是多不公平啊。

一个月后，我转到了同样有名气的兰卡斯特大学。

我转到了"人力资源发展与咨询"专业。遗憾的是，这丝毫没有让学习变得轻松。一个月后，老师询问大家是否有学习困难。我大胆地建议："英文好的同学，能否稍微放慢一点说话的速度？太快，我听不懂。"

"我本来说话就这样，怎么可能为你专门放慢速度呢？听不懂是你的问题，你来这个国家之前就应该知道这里是讲英文的。"之前一直在美国读书的希腊同学丝毫不给面子，直接拒绝了我。

我像被人猛地抽了一巴掌，脸火辣辣地疼。这位女同学平时就心直口快，我清楚她不是针对我，但还是猝不及防，不争气的泪水又在眼眶打转。老师赶紧打圆场，"尽量吧，大家互相帮助。"

下课后，我第一个冲出教室，任委屈的泪水哗哗地流。我以为大家是同学，会互相帮助。那股埋怨的情绪刚上来，我开始意识到教练的"凡事内看，承担责任"。

"同学说得对，听不懂是我的问题。"我对自己说。

既然是我的问题，那就只有自己来解决了。不可能再转学，已经没有退路。现在，不行也得行，不然几十万的血汗钱可就打水漂了。

"怎样才能在最短的时间内攻克语言关呢？"这一问，我居然想出了很多办法，让自己大吃一惊。

"为什么在爱丁堡时没想到呢？"

"问的问题不同。"我对自己说，"在爱丁堡我整天问的是'要不要转学转专业'。"

"为什么在爱丁堡时没有问自己'怎么才能克服困难'呢？"

"因为不相信自己有能力克服困难。"我说出声来。幸好在自己宿舍，不然这么自言自语，准被人当作是发疯了。

凭什么我就那么肯定自己不行呢？我的依据是什么呢？完全没有，我不过是又被自己的限制性思想铐住了。怎么课堂里学的教练思维，一到生活中，就忘了呢？

找到了解决问题的办法，行动就不盲目了。我开始去教堂和英国人交流，又通过学生会找了一个历史系的本科生。每周五下午我们一起喝咖啡，我给她讲中国文化，她给我讲英国人的习俗。同时我又去旁听各种社团讲座。

有一天，我刚横穿过校园的马路，一对大约七十多岁的老夫妇喊住了我。原来他们在学中文，有一个词不会念向我求教。这种学习精神不仅令我感动，而且启发了我。我开始在厨房、汽车站、火车站，厚着脸皮创造一切机会和当地人聊天练口语。

短短两个月的时间，我的口语和听力飞速提升。

我们的学习有大量的小组讨论，小组做项目也被列入学分。最初是老师安排小组，一些口语不好的同学根本参与不了讨论，对小组没贡献。英文好的同学有意见，要求自愿组合小组。老师同意了，但前提是小组一定有不同国家的同学。我被口语好的同学抢到了一个小组，口语不好的同学没人要，只能自成一组。

研究生只有一年的学习时间，任务繁重，老师不可能给学生补习英文。我和口语不好的同学面临的困难是一样的，所不同的是，我没有再寄希望别人为我而改变，而是改变了自己。

在攻读学位的同时，我又奔走伦敦学习 NLP——神经程式语言学；利用做论文的间隙，我到美国加州大学继续 NLP 的深造。像简一样，我创造了奇迹。

如果不转学，留在爱丁堡大学，我相信我一样会创造奇迹的。转学转专业又增加了一笔额外的费用，多折腾啊。不过，为什么简和阿甘用亲身经历都不能说服我呢？因为他们的经历是他们的，不是我的。如果他们能像教练一样，给我照镜子，让我看到"不相信自己有能力克服困难"这个想法根本不是真的，我很有可能就会留在爱丁堡，或者最起码试一下再决定。

这不是简和阿甘的错，相反在异国他乡遇到这样的热心人，是我的幸运。人喜欢给别人建议，但不是所有人都愿意照做，特别是像我这样固执的人，很难被说服。不过话说回来，到了兰卡斯特，没人帮助，没有教练，为什么又能克服困难呢？

那是因为被逼上绝路了，由此我看到了自己解决问题的模式。一旦没有退路，能力会超常爆发。只要还有一点退路，我一定绕道走。说穿了，是回避。比如打工的时候，一不顺心就辞工，曾经一年内我换了三家公司。这次又是通过转学转专业来回避遇到的困难。

人生中不是所有问题都能避开。为什么一定要等到避不过去了，才豁出去呢？避来避去，走了多少的弯路，错失了多少的良机啊。

既然在没有退路时，我才有最好的表现，那就斩断退路，知难而上，我对自己说。

2 放弃登山的同学，因教练爬上了英格兰最高峰

复活节那天，我和五个关系好的同学到湖区登山。湖区是英国著名的旅游胜地，位于英格兰的西北部，以它的山和天然湖而著称。英国著名的诗人威廉·华兹华斯诞生于此，他的诗更为这怡人的湖光山色，平添了一份诗情画意。

我的英国同学说湖区有一百零八座山，其中斯科费尔是英格兰最高峰。同学从八岁开始登山，这一百零八座山已经爬过两遍了。我们的领队是非常有经验的业余登山爱好者，经过两天的热身运功，第三天我们开始攀登斯卡费尔。

湖区的山，不同于中国的山，光秃秃的，据说是野山羊把树吃光了。初看很丑，但视野格外开阔，毫无遮拦，你可以任意地构想这一片天地的过去和未来，没准儿也能写出《简·爱》和《呼啸山庄》这样的故事。布朗蒂姐妹常到塬上散步，大概灵感也是这么来的吧。

我和上海、北京来的两位女生抓住一切机会拍照。遗

憾的是，领队不停地催我们加速。也不能怪领队，因为湖区的天气很特别，中午一点后，山顶往往大雾缭绕，什么都看不见了。不过，两个小时后，两位女生可受不了了，她们决定回停车场。我很想上山顶，又觉得应该陪她们下山才够义气。于是男生丢下我们，继续爬山。

我心有不甘，能不能用教练的方法带她们上山呢？我决定试一下。

"我们现在下山，要在停车场等多久男生们才能回来？"我问。

"最少四个小时。"

"我们谁都不会开车，在这荒山野岭的停车场，我们能干吗呢？"

"无聊地等待。"

"与其在停车场无聊地等待，还不如我们继续爬山。"我说，"边玩边爬，喜欢的地方多待一会儿，多拍些照。实在爬不动了再下山，这样就不用在停车场干等。你们觉得如何？"

她们一致同意了。两位女生平时没怎么锻炼过，明显体力不支，脚上又是伤。为了分散她们的注意力，我提议："我们来唱歌吧，唱小时候的歌，看谁唱得好。"

小时候的歌就是好听，大家你一句我一句，笑开了怀。"不行，这太消耗体力了。"于是我又提议："你们看，前面有一对老夫妇，我们可以追上他们吗？"

"那还用说，我们这么年轻，还追不上一对老人家？"她们一下子兴奋了。

"好，等追上他们就休息。"我说。

年轻就是好，没多久，我们就追上了。这时，有趣的事情发生了。我提议休息，她们却说："我们必须超得远一点，否则一休息，老人家又追上来了。"

奇怪啦，之前领队催，她们嚷嚷着要休息，这会儿让她们休息却不要？看来，如果一件事是自己想做的，动力大多啦。记得小时候，住在外婆家的大山里，出门只能靠两条腿。乡里人每年冬季和夏季都要备上礼品，走访亲戚，这是我最喜欢的。因为亲戚总会做一顿好吃的，还有糖果和零花钱给小孩子。于是每次免不了缠着大人带我去，但我必须答应，自己爬山，不能让人背着走。那时候的孩子多穷啊，哪里有糖果吃，所以这个诱惑力太大了，我硬是小小年纪就开始翻山越岭了。

今天的糖果，当然没可能诱惑两位女生了，她们的愿望是玩，而人有喜新厌旧的心理，再追老人家已经不好玩了。不好玩，她们就没了动力继续爬山，怎么办呢？

我又开始搜寻下一个目标，"你们看到前面那群穿红衫的人了吗？好像有个小孩，有没有信心去追他们？"

这一群人离我们比较远，比刚才的挑战大了一点。她们不只同意，还没休息够，就动身了，看来人还是喜欢挑战的。

这群登山者，除了孩子，其他的估计和我们年龄差不多。从登山的速度看，不是初次登山之人。我们着实费了一些功夫才追上，成就感大增。出于好奇心，我们没有急着往前赶，而是和他们聊了几句。得知他们从德国来，小男孩才七岁，比我儿子小一岁，已经是第二次来登斯科费尔了，还自己背着登山包。要是我儿子也在这里，该多好啊。我小时候爬山是因为嘴馋想吃糖果，这个孩子不会也是吧？如今的孩子要什么有什么，哪里稀罕什么糖果？

"是因为喜欢。"孩子告诉我。

"为什么会喜欢登山呢？"我问。

"不知道，就是喜欢。"孩子笑了，这笑容，让我想起了儿子，要是儿子也喜欢登山该多好啊。登山，需要耐力。这个耐力，不只是体力，更是一份坚持。一个有耐力的人，还有什么事做不好呢？不知道儿子现在好吗？我突然感到伤心，不想扫大家的兴，在没人觉察的时候，我已经调整过来。这就是学教练的好处吧，对情绪的把控自如多了。

正聊着，两位女生自己找到了下一个目标，下山似乎忘到脑后了。这样一路超越，突然，我们发现了走在前面的男生。

"把我们催得那么急，也没见他们快多少，追！"

这个挑战够刺激，我们好像在玩一场追人的游戏，所有的疲乏都消失了。靠近山顶，风刮得人没有办法直起身，手趴地，眼睛眯着，脚下全是乱石，一不小心就会掉进大石缝里。男生到底有绅士风度，停下来等我们，为我们保驾护航，爬完了最险的一段，最后大家在一点前登顶。

晚上一起喝酒时，领队问我："你不愧是学过教练的，快说说你是怎么把这两个逃兵弄上山顶的？"

我只好老老实实地坦白，是我自己特想上山顶。但是两位女生想玩，能不能上山顶无所谓。很显然"我想要的"和"她们想要的"并不一样，如果我非要她们跟着我上山顶，她们一定没动力，难坚持。

所以，我把"我想要的"和"她们想要的"都照顾，边玩边爬山。我没有告诉她们一定要上山顶，一方面我不知道她们能否做到，另一方面我不想给她们压力。人在没有压力的状态下发挥最好。接着我抓住人喜欢新鲜和挑战的心理，以追赶前面的人为目标，让她们在玩的过程中有成就感，激发她们继续爬山的兴趣。很显然她们喜欢这样的体验，后来干脆自己找目标，完全自动自发了。

"你这个方法好，可以延伸到很多方面，比如调动员工做事的积极性，还有孩子学习，甚至老婆干家务的积极性……"领队说。

"调动自己的积极性，也是同样的原理。"我说，"当然，这个方法的前提是要考虑对方的利益，要有'共赢'的心态。"

我从小在大山长大，登山早已习以为常。但是，我做梦都没有想到，这一次的登山经历日后成全了一段异国情缘。

3 渴望有个家：
美国教练大卫让我
克服了被骗的恐惧

伦敦的冬天，天黑得早。下课后，我下错地铁站，迷失在街头，一切都变得陌生。迎着凄冷的夜风，我毫无方向地乱窜。穿过一个又一个街边酒吧，窗内是人们的欢声笑语，窗外是我的孤独失落。突然迎面撞上了那熟悉的大红灯笼。"唐人街！"我欢呼道，仿佛流浪的孩子找到了家。我心一酸，泪水模糊了双眼。

"我渴望有个家，一个温暖的家。"我听到了心的呼唤。

可是，旧伤还未愈合，又怎敢迈出下一步？如果再被骗，还有勇气活吗？

这时候在一个网上教练论坛，我遇到了美国教练大卫。见大卫一直热心地回答论坛里的问题，于是向他请教：如何忘记过去而重新开始？

"你想要重新开始的是什么？"大卫问。

"我想放下过去，找到我的另一半，开始新生活。"

"阻碍你的是什么呢？过去还是……"

"是害怕。我怕被骗，男人都不可信。"

"这么说，你真正的问题不是如何放下过去，而是如何找到另一半开始新生活。我理解得对吗？"

"没错。"

大卫没有像大多数人一样对我的过去打破砂锅问到底，而是以目标为导向，三个问题就明确了我找他想解决的问题以及我遇到的障碍是什么，真是高手啊。对比之下，我平常说话和思考，以问题为导向，一弄就陷入问题当中，越想越担心，反而当局者迷，找不到解决的办法。

既然大卫已经弄清楚我的障碍是"怕被骗"，接下来他应该会引导我找到克服这个恐惧的方法。学了教练地图——GROW 模型，现在能看出他教练的套路，我暗自得意。

"你认识全世界的男人吗？"大卫问。

"当然不可能了。"

我已经意识到自己的可笑，如此武断地认为"男人都不可信"，是又一次给自己戴了手铐。

果然大卫又问："你凭什么断定'男人都不可信'？"

不想这么快在陌生人前认输，我选择了沉默。

"你怕被男人骗的是什么？"大卫问。

奇怪，我怕被骗，但从来没想过能被骗的是什么，好像也没有什么可以被骗的。那么，我究竟怕的是什么呢？

"爱。我怕付出的是真爱，换来的是假爱。"我说。

"什么是真爱？什么是假爱？"

"真爱就是诚实，忠于对方，不变心。"我说，"假爱是为达目的而骗取对方，一旦得到，就转向下一个目标。或者说最初是真爱，但遇到诱惑就变心了。我其实怕的是真心相爱却又变心的这种。"

"不论受到多少诱惑，"大卫说，"你能做到对一个人的爱永远不变心吗？"

"只要这个人一直爱我，我想我能。"

"假如你觉得对方不再爱你，或者不够爱你，你还会不变心吗？"

"这很难说。"

"你变不变心，基于他对你的爱。"大卫说，"你确定当你觉得他不爱你时，是真的吗？"

我想起了儿子的爸爸。一直觉得他并不爱我，但从来没问过自己这是不是真的？如果是真的，证据是什么呢？我顾不上回答大卫的问题，快速地回忆起他不爱我的证据来。

"以前我认为是真的，现在不敢肯定了。"我说。

"以前以为'他不爱你'是真的，那时的感受如何？"

"担心他不要我了。"我说，"我会害怕投入太多的感情，伤得更重，所以不敢跟他很亲密。"

"假如'他不爱你'不是真的，你会怎样？"

"不会再莫名其妙地担心，和他在一起会放松，我会轻松快乐许多。"

"那时你常常担心，不敢投入你的感情，不想太亲密，他有什么反应？"

"他觉得我不爱他。"我说，"这么说，对方变心，我也有责任？"

"是的，但这不是说对方没有责任。"大卫说，"不管两人多么相爱，激情总会过去。取而代之的是日复一日、年复一年的平淡。一不小心，就变成了枯燥乏味的机械重复。这时候若有人介入，唤醒沉睡的激情，婚姻中的任何一方，都有抵挡不住的可能。"

"照你这么说，变心是正常的、合理的？"我不高兴了。

"不，我想告诉你的是没有人可以给爱上保险，期望对方永不变心是空想。"大卫说，"与其害怕对方是否有一天变心，不如结婚前睁大眼睛选对人。结婚后，用心经营这个家而避免变心的发生。"

我要怎么选对人呢？不等我问，大卫却把问题岔开了，"你可以接受独身的生活吗？"

"不能，我不能忍受独身的孤苦伶仃。"

"既然不想独身，为了找到另一半，假如遇到一百个男人都不好，你还会不会认为天下没有好男人了？"

"不会。"

"一百个男人都不好，但为了不独身，你还会继续找吗？"

"我想我会的。"

我无法想象一百个男人都不合适的痛苦是怎样的，我也不相信一百个人当中找不到合适的，于是给了他肯定的回答。

"在你心中，你的另一半长什么样呢？比如年龄、身高、兴趣爱好等等。"

"我……没想过。见到那个人就知道，是不是自己要找的。"

大卫没有被我的含糊不清忽悠过去，而是问："现在想象一下，这个人就站在你面前，你怎么知道，他就是你要找的另一半？"

我平常不会这么想问题，也不懂这样问自己。为了回答大卫，我望着天花板死劲地想，渐渐地脑海中那个他开始清晰。但怀疑又来了，这么想有什么用呢？人又不是想出来的。

"就算知道要找什么样的人，"我说，"也不一定就能找到。"

"回想你曾经参加的一场比赛，你获胜了，"大卫说，"上场前你是怎么想的？"

那是一次外语系的英文演讲比赛。我先参加了非外语系的演讲，名落孙山。外语系比不过非外语系，这丢的不光是我的名，还有我们整个外语系。比赛结束后，回到宿舍我钻进被窝一夜未眠。第二天醒来，我对自己说，还有一次机会证明自己，系里的比赛一定要拿第一，把面子争回来。于是我争分夺秒地找同学陪练了三天，最后拿了第二名。

我明白了：想赢，未必能赢；不想赢，一点赢的机会都没有。想要什么样的人，自己不先想清楚，那不是找错人，就是与那个人擦肩而过。大卫一早看到这一点，但没有用说教的方式说服我，而是通过提问，让我自己明白。这么做是把找到答案的思考权、行动的主动权和成就感给了我，我再一次体会到教练不给答案的用意。

其实谈了这么多，大卫只做了两件事：

第一，确定了教练目标，同时将目标具体化，让我对自己要找什么样的人有了清晰的认识；

第二，帮助我看清"怕被骗"背后的各种内在干扰——"男人不可信""爱要永不变心""想对方什么样子没用，人不是想出来的"。

　　一旦看到这些思想的局限性，一念之间就可以转过来。难就难在，人对自己的想法往往信以为真。如果没有一定的觉察力，又没有教练给照镜子，单靠自己根本意识不到。

　　"你什么时间开始行动呢？"大卫问。

　　"我行动？你的意思是我主动去找？这不行。我们中国文化中，都是男追女。我这么去找，不是太掉价了吗？"大卫到底不了解中国文化，我赶忙解释。

　　"这么等，要是没人找你，你要等到何年？"

　　这句话刺痛了我。是啊，年龄不小了，越等机会越少。大卫虽然看不见我，但他好像是我肚里的蛔虫一般，又问："怎么样，三个月认识十个新朋友没问题吧？"

　　"你让我到哪里去找啊？"我说，"我还要学习呢，随缘吧。"

　　"到处都是人，只要你肯。如果你愿意等，那就随缘。"大卫不客气地又刺了我一下。

　　"好，我答应你，不过要等到快毕业时，现在的学习任务太重，我不想分心。"

　　至此，我可以清晰地看到大卫走完了教练地图的四步——目标、现状、障碍与可能、下一步如何做，但有一个问题我一直没看出门道。于是我问："您为什么要问'你可以接受独身的生活吗'？这好像和我的目标没多大关系？"

　　"这个问题很重要。"大卫说，"如果你的态度是结婚、独身都行，随遇而安，那么你寻找另一半结婚的动力就会不足。动力不足，行动力就不够，不是拖延，就是遇到困难打退堂鼓。我辅导的很多个案，特别是年龄大一些的女性，明明想找到另一半，却总是找不到，原因就在此。她们不断地告诉自己，随缘吧，爱情是强求不来的。一个声音说'要'，另一个声音说'不要也可以'，这么混乱，脑袋听谁的指挥好呢？遗憾的是，她们往往归罪于自己年龄大、现在的男人如何如何，根本没有意识到真正的问题所在。有些事可以灵活，在婚姻大事上一定要想清楚。这样也行，那样也行，最后一样也不行。"

这是不是有点像事还没做就先把后路留好？留后路对我来说，可不是好事儿，要不也不会折腾到转学转专业了。但，有些人情愿留后路稳妥一点儿，也不愿意人生像过山车，有什么不可以呢？不过话又说回来，论到终身大事，怎么会有人结婚也行、独身也行呢？会不会是怕受伤害，或怕没面子，才这么模棱两可？又或者想独身，但根本没搞清楚是想独身一时，还是独身一世？

不管怎样，我是想清楚了，"我需要一个温暖的家。"

浩出现在我的视线，最初并未引起我的注意。因为他话不多，是那种在人群中就被淹没的人。

有一次无意中提到，我登上了英格兰最高峰斯科费尔，没想到一下子打开了浩的话匣子。原来他的业余爱好之一就是登山，早年几次登过斯科费尔。浩还花了一个多月的时间到苏格兰登山野营。一个月的野营，不成了野人？我又惊又好奇。有一天他兴奋地告诉我，他坐火车到我学校所在的城市，然后沿着运河走回家，十多个小时的徒步，脚趾甲都快掉下来了。为什么？这不是虐待自己吗？浩却说是为了看星星。我想起来了，浩曾告诉我，他在卧室的天花板上贴了很多星星，黑暗中星星会发光，就好像头顶是星空。这个爱登山又爱星星的男人，有太多超出我想象的东西等我去发现了。

浩的梦想就是搬到乡下，有一个小农场，过自给自足的生活。原来浩小时候，有一个同学家里有农场，他常去玩。

同学家里有一头猪，非常凶，见人就会攻击。浩和同学打赌，说他不怕猪。同学以一个鸡蛋为赌注，浩于是钻进了猪圈，一步一步缓缓地靠近。猪打量他几眼，也许看不出有威胁，没有想站起来进攻的意思，最后浩以胜利者的身份钻出了猪圈。同学不甘示弱，自家的猪居然讨厌自己而喜欢陌生人。于是手拿棍子壮胆，跳进了猪圈。那只刚才还懒洋洋躺着的猪，蹭地站了起来。同学扔下棍子，飞身翻出猪圈。

"后来呢？猪为什么会喜欢你呢？"我问。

"因为我属猪，我本来就是猪嘛。"说着，浩伸出大舌头，把两只手竖在耳朵上。

"你知道吗？在中国文化里，我们常形容一个人蠢得像头猪，以后千万别再这么骂自己了。"

"你们根本不懂猪。猪是非常聪明的动物，爱干净，从不随地大小便。"

浩不满地替猪辩解，好像能成为猪是多么自豪的一件事。我从小在农村长大，却不知道猪会这样。不想辩解，我继续听他讲小时候在同学农场的各种趣事。慢慢地，我在大山里的童年记忆被唤醒了：坐在树上吃枇杷、挖个地洞烤红薯、追得小鸡无处逃、踩到蜂窝跑不及……曾经，我多么羡慕城里的孩子可以上幼儿园，多么渴望早一天离开大山过城里人的生活。如今，早厌倦了城里生活的我，突然向往浩的田园梦。他说，要有一片地，有果园、菜园子、鸡鸭牛羊。对，不能少了猪，还要自己挖个鱼塘养鱼。我心动了。朋友戏说："他是不是给你画了一个大饼？"

一天黄昏，我和浩翻过一座山头。蓝天白云绿草，欢蹦乱跳的小羊儿，我看迷了。和浩过这样的生活，也许会很幸福，我想。浩也多次暗示，也许我们可以一起这样走完一生？

我又犹豫了，我的事业在中国。经历了第一次婚姻的伤痛，我一再告诫自己，一定不能为了家庭再牺牲事业。若是嫁给浩，又如何在中国发展事业呢？还有我们的追求是如此不同：我要奋斗，要事业的成功才不枉此生；而浩要享受，以追求生活的快乐为第一。

一个大男人，没有事业心怎么行？要是他有事业心，又能跟我到中国，那就什么问题都没有了。我决定用教练思维来改造浩，一次不行两次，总有改造他的可能。没想到，他居然是第一个拒绝被我教练的人。直接教练不行，我又想出了一计。

一天，我哀求他，给我新写的一篇文章提提意见。以前我也这么做过，所以他同意了。于是我开始念：

> 昨天我和一个远在中国的朋友通了电话，不知为何没有了往日朋友叙旧的轻松，反而心情有些沉重。
>
> 放下电话，我意识到是因为我的朋友。她非常善于拒绝任何一本书、任何一个专家有关自我帮助、自我成长的理念。朋友不是自负，相反她一直在寻找能对她的人生有帮助、让她更快乐的东西。但她总是无意识地把任何走进她的生活、可能帮助她的东西拒之门外。
>
> 刚才电话里，我告诉她安东尼像灯塔，点亮了我和成千上万人的生命，建议她读读安东尼的书。

朋友不等我说完，就插话："我相信一定会有人，觉得他不咋样，没有传说的那么神奇！"

是的，朋友说得对，没有哪一个老师适合所有人。

接着朋友抱怨跟婆婆的关系越来越恶化。

我提议："这些日子我学了很多教练的新招，有一招儿我用了挺管用。要不，我给你试一下？"

朋友马上拒绝，"不，不，教练思维这玩意儿，不适合我。"

是的，朋友说得对，教练思维不是万金油，不会对所有人都有效。

但是，朋友还在寻找，寻找对她的人生有帮助的东西。

通过拒绝可能有用的东西，我们拒绝的是自己的成长，拒绝的是可能性。但我的朋友不知道她拒绝了什么，甚至拒绝看到这一点。

那么你呢？

其实不关乎你所喜欢的书是否被其他人喜欢，不关乎你所崇拜的老师是否被其他人崇拜，不关乎对你有帮助的东西是否对其他人有帮助。

关键是你，你的快乐，你的幸福，你的人生。

没有哪一种方法对任何人都有效，没有哪一个老师对任何人都合适，没有哪一本书可以激励任何人。

这全在于你。

与其拒绝对你可能有用的东西而证明你是对

的，不如问自己：我能从中接受什么来让我成长？

　　每一个成功人士一生中都不断地接受新思想、新工具，不断地投资在自我成长和自我学习上，从不后悔。

　　那么，当惯性的拒绝就要出口时，请停三秒，问自己："我拒绝的是什么？"

　　我念完了，浩像往常一样扮个鬼脸，说："你写得很好。"

　　看着浩的样子，我差点没喊出口，"你好像什么也没听进去啊。"还有什么方法我可以试呢？一定有。教练相信人会改变的，不是吗？

　　"凭什么你断定自己有这么大能耐改变他？"我没问自己。

　　在爱丁堡我没有依据，但是"不相信自己有能力克服语言关"。现在我仍然没有依据，但是"相信自己有能力改造浩"。从"不相信"到"相信"，看似两个极端，但思考的模式一样，都是不加质疑就下了结论。可怜的我啊，什么时候才能觉醒呢？如果还没结婚，我就处心积虑要改造他，不知道结婚后等着我的会是什么呢！

5

男朋友是潜力股吗

正当我纠结于怎么改变浩时，同学莉（化名）找我。她知道我在伦敦学教练课，而且年龄也大一些，为个人问题想听听我这个过来人的意见。

莉，典型的南方女生，清秀而精致，在学校自然少不了男生追。莉在国内有一个男朋友谈了三年，他在一家建筑公司做设计，薪水在同龄人当中算高了。

一进我的宿舍门，还没坐稳莉就问："你快帮我分析一下，我男朋友是不是潜力股？"

"你为什么想知道男朋友是不是潜力股呢？"

"如果是潜力股，我就可以放心嫁他。"莉说，"如果不是，我可得好好考虑了。"

"你说的潜力股指什么？"

"就像股票市场上，现在可能不是很值钱，但很有升值潜力，升值空间也大。"

"你说说看，有哪只股票只升不降？股票降了可以抛，人贬值了，你也抛吗？"

"呃，这……那你快给我出出主意咋办。"

"我问你啊，你为什么一定要男朋友是潜力股？"

"这样我以后的日子有保障嘛。"莉说，"我并没有想大富大贵，只要以后能买得起房和车，给孩子创造一个良好的成长环境，就行了。"

"有房有车就是日子有保障吗？"

"不完全是。不过这年头，房和车是必须的。我的同学都有，而我没有，多没面子。"

"今天是有房有车，有面子。"我说，"以后，如果同学住别墅开宝马，你住的不过是三居室，开的不过是福特；将来同学的孩子都送国外上私立，你的孩子还在国内的学校熬，不是又没面子？老公是不是又要向宝马别墅奋斗？"

"嗯，我好像掉进了老鼠赛跑的圈套……"莉说，"可大家都是这样比来比去。现在已经在比谁的男朋友更帅、更有钱、更有本事，我有什么办法呢？想起这些就烦，真想一直在学校读书，不用面对这些问题。"

谈到这里，我听出来"男朋友是否为潜力股"并不是莉真正的问题。她需要搞清楚的是：

第一，她想要的生活是什么样子？这样的生活是未来的老公给还是……如果把自己的未来寄希望于未来的老公，风险会是什么？

第二，她想要的男朋友是什么样子？选择男朋友的标准是什么？为什么是这些标准？

第三，面子的问题：她是为面子而活还是……

教练的原则是一次只能针对一个问题。考虑到这几个问题，环环紧扣，相互影响，我告诉莉需要按顺序一个一个来解决，否则我们谈一个下午，也不会有任何结果。

两个小时的谈话接近尾声，莉忍不住伸了个懒腰，长长地吐出一口气，整个人干脆斜躺进沙发闭目养神了。难得见她这么放松，不想打扰，我起身去泡茶。茶喝了，精神该回来了。

"说说看，我们下午聊了这么多，你明白些什么？"我一本正经地问莉。

本来嘛，教练需要有教练的氛围，不该是随心所欲地坐着、躺着，想怎样就怎样。可能是大家太熟了，莉才不理我那一套，往后一躺，干脆腿也架到沙发上了，眼盯着天花板，边想边说：

"第一，我现在对我想要的生活有了清晰的画面，而且我为我的未来负责，不是未来的老公，或者说我们两人一起奋斗。单单寄希望于未来老公，一有变故，我的未来就垮掉了，女人还是要靠自己。

"第二，选男朋友不能只看能力，还要看人品、这个人的个性以及价值观。我现在发现我和男朋友很"门当户对"呢。

"第三，至于面子嘛，我当然不是为面子而活。不过人有脸，树有皮。周围人都这样比来比去，我不是圣人，不受影响才怪呢。出状况时，用你今天的方法，多调整自己的心态才行。最重要的是，我不想活在别人眼里！"

"汇报完毕！"莉突然坐直身子，一脸严肃，学我一本正经的样子，我噗嗤笑出了声。谁说教练就要一本正经那么严肃？只要利于结果的达成，想怎样就怎样，有什么不可？我给莉照镜子，莉也在给我照镜子，我们原来是彼此的镜子。

以后大家天各一方，见面机会就少了，我对莉说未来的生活中，一定还有各种各样的问题出现。你要懂得举一反三，记得常问自己这些问题：

我想要的是什么？

为什么我想要这些？

我要成为什么样的女人？什么样的妻子？什么样的妈妈？

不是因为戴了一顶"女人"的帽子，就自动成为"好女人"；不是因为戴了一顶"妻子"的帽子，就自动成为"好妻子"；不是因为戴了一顶"妈妈"的帽子，就自动成为"好妈妈"。

……

"好女人""好妻子""好妈妈"是需要不断学习的。一个女人，最少影响三代人。大教育家福禄贝尔说："国民的命运，与其说是掌握在当权者手中，倒不如说是掌握在母亲的手中，因此，我们必须努力启发母亲——人类的教育者。"卡尔·威特的父亲，用自己的一套教育方法，把有智障的儿子——卡尔培养成了十九世纪闻名德国的天才。他说："倘若家庭教育不好，多么优秀的教育家认真进行教育，也不会有好的效果。"

听着，你任重而道远呢。

我已经不像一个教练，又开始说教，不知道莉听进去没有。莉并不知道我的过去，我没有告诉过任何同学。伤疤还在流血，每提一次，都会在伤口上撒盐。但看着即将走入婚姻的莉，不想这么可爱的女孩重蹈我的覆辙，忍不住像大妈一样说个没完。

"遵命！"莉向我敬了个军礼。

"你自己说，男朋友是不是潜力股？"我问。

"那还用说，不只是潜力股，是我的终身股了。"

莉大笑，我也笑了。

美国加州NLP大学遇教练乔娜，为事业与家庭的选择指点迷津

适逢做论文，我来到了美国加州大学继续学习NLP。我的论文题目是论证"教练的有效性"，想必学习时能遇到来自世界各地的教练，刚好可以采访他们收集数据，算是论文和学习两不误。

加州大学的这所分校坐落在一片森林之中，走进校区更像是走进了森林公园。我们的同学来自世界各地五十多个国家和地区。

有一天吃早餐时，来自香港的乔娜教练若无其事地告诉我们："我早上上山顶了，山狮没出现！报道上说看见山狮，把手举起来，站着别动，山狮觉得人又高又大还没危险性就会走开。我当时想只要一边走，一边偶尔举起双手，那山狮看见我那么高大，大概不会来了。结果山狮真的没出现！"

"真的吗？真的这么有效吗？你不害怕山狮出现吗？"正是因为有山狮，我们没人敢上山顶。

"哎呀，应该够有效吧，不然你们还能看见我在这里吃早餐吗？"她哈哈大笑。我被她的笑声吸引，发现用"人未到，笑声先到"形容她一点不过分。接触多了之后，我了解到乔娜中文名叫许娟娟，小时随父母从台湾移民到加拿大。她曾是加拿大 IT 界的高级程序师，做过投资理财分公司的经理，还曾是世界一百强企业亚洲区品质副总裁和培训副总，后又自己当企业管理顾问。戴着这么多令人羡慕的光环，但却一点儿架子也没有，让我对她更多了一份敬意，于是请她为我的事业和家庭如何选择指点迷津。

乔娜请我伸出左手，在我迷惑之际，又请我伸出右手。莫非她要看手相？教练也看手相吗？

"假如左手代表英国的家，"乔娜说，"右手代表中国的事业，你看到了什么？"

"我的左手和右手。"

"现在请你把左手和右手手心向上，并在一起，你看到了什么？"

"还是我的左手和右手嘛。"

实在搞不明白，我的右手和左手，跟我是否要嫁给浩有什么关系呢？

"现在请你把左手和右手继续保持手心向上而分开，你看到了什么？"

"不就是我的左手右手嘛！"

"仔细看，看看现在和刚才有什么不同？"

莫非乔娜有什么神秘力量，能让我的手心出现文字启示？我瞪大眼睛左看右看，生怕眨眼的工夫漏掉了任何细节。

"看你左手和右手的中间，是什么？"乔娜点了我一下。

"你的意思是说有一条中间的路可走？合并代表我之前是二选一，不是这个就是那个？"

"是的。"乔娜说，"现在交通如此方便，互联网如此发达，有很多可能性可以让你两者都兼顾，而不是二选一。但是当你认为二选一时，根本不可能去想中间的可能性。"

这么说女人不必有家庭没事业，或者有事业没家庭？鱼和熊掌兼得，正是我想要的。

乔娜的这一招，我马上现学现卖，用在了我的舍友意蕾身上。

意蕾来自英国的湖区——我和同学登山的地方。她的单位在裁员，身居高管的要职，她已经知道自己将被降级。相对其他同事被裁员的命运，意蕾算是很幸运了。但她不能接受薪酬的大幅降低。辞职，意蕾的孩子还小，单位对她这样的情况有很多福利政策，她怕新单位薪酬高，但照顾不了孩子。

像乔娜一样，我带她看到原来有一条中间路可走。意蕾给了我一个紧紧的拥抱，对我说："若不是你，给我一万年，我也不会想到有一条中间路可走。"

意蕾很爱孩子，她不愿意为了高薪而牺牲照顾孩子的时间。但是作为单亲妈妈，降薪之后，还房贷很有压力。意蕾喜欢画画，曾经帮一些企业画过宣传画。她发现不用辞职，利用业余时间画几幅宣传画，就可以弥补降薪带来的收入损失。意蕾说，没准儿，画画这条路会越走越好，干自己喜欢的事，总能干得更好。

人有的时候，卡在非此即彼的思考模式，想不到就是想不到。若有人点一下，走入死角的人生就会突然海阔天空。

指导别人，也是自己的一场学习。意蕾让我看到，一个职业女性，同时兼顾家庭，不容易。但，不是没有可能。

我不想在家庭和事业中间做选择，这条中间路，能不能走得通？至少我要试一下，不试怎么知道呢？可是，婚姻不能拿来试啊。不管怎样，上了婚姻这条船，这就是我们两个人的船，这一次我不给自己退路。我不能保证浩不会推我下船，但我可以保证自己不会下船，可以做到不给他推我下船的理由。

美国加州NLP大学的大发现：脑袋里面有个声音——『你不够好』

决定嫁给浩，我心中的石头落了地。

今天是在美国学习的第十天。午餐后回宿舍的路上，我和一个日本同学惠美（化名）同路。惠美与我年龄相仿，自信大方很有气质，来美国读了MBA，然后和美国先生一起开了一个心理咨询机构。她们家的房子很大，她正计划邀请我们所有同学到她家开一个鸡尾酒会。我羡慕她的同时，突然有一种自惭形秽的失落，自信心大减，在她面前好像不会说话了。是自卑心理作怪吗？人或多或少都有自卑的时候，没什么大不了的。但转念一想，不只是在惠美面前，我好像经常都处于这种状态。这正常吗？惠美后面说了些什么，我看似在听，但什么也没听见，满脑子都在思考自己的问题。

尽管夏日炎炎，但这里却是凉爽宜人，我和惠美来到草坪坐下，她问起了我的故事。我对自己的过去一带而过，但一心求进步的我把刚才的困惑告诉了惠美："我不明白自己为什么在一些场合，会发挥自如；而在另一些场合或者见到某个人，却完全像变了一个人，不会说话，好像做什么、说什么都不对劲儿。"

"说说是些什么场合？或者是什么人？"惠美问。

"太多的场合。"我说，"与其说是场合，不如说是人。如果感觉这个人比我强的时候，就会出现这种状况。"

"你根据什么判断人家比你强？"

"不一定。"我说，"有可能这个人长得比我漂亮，或者穿着打扮更时尚，或者显得很有气势，或者听说这个人专业领域很牛，或者事业成功等，好像很多因素，总之脑袋就会有个声音……"

"什么声音？"

"人家比你强，你比不上人家。"

"是谁的声音？"

"应该是我的声音吧？"

如果是我的声音，为什么我会这么说自己呢？我并不认为我比别人差啊。

"请你闭上眼睛回忆一下，"惠美说，"最早一次出现这个声音是什么时间，发生了什么事？"

我闭上眼睛，跟随惠美的引导，回到了学生时代。母亲看着我考卷上的一百分，说："别骄傲，咱们来自农村，你跟你的同学没得比！"

回到这一幕，我泣不成声。我明白不能怪母亲，她是为我好，可我还是觉得委屈。我来自哪儿，不是我能决定的呀。再说，农村人比城里人矮一截，谁说的？今天我有力量问这句话。可那时小小的我，弄不懂自己怎么"低人一等"。

我曾想，父母要是让我待在农村就好了，和农村的孩子在一起，总该是平等的。

经过奋斗我跳出了农门，但那道从小压在心头的"低人一等"的农门，我从来都没有跳出啊。

惠美轻轻地拍着我的背，什么都没有说，但我感受到来自她的接纳。哭出来后，我人轻松了。

"母亲说的是真的吗？"惠美问。

"当然不是。"

"你脑袋里的这个声音是谁的声音？"

"母亲。"

"你已经长大了，母亲早不在你身边，这个声音是谁的声音？"

"我的……"眼泪又忍不住了，把自己打击了这么多年，我居然不知道啊。

"怎样才能摆脱这个声音呢？"我问惠美。

"学习了这么多，你觉得哪种方法会对你有用？"

教练总是不放过任何一个让人思考、自己找到答案的机会。我告诉惠美，只要察觉到那个声音，我就能够通过四个问题，让它难有机会搞破坏。

"说来听听，哪四个问题？"

"第一，这个想法（你比不上人家、你不够好）是真的吗？

第二，如果是真的，证据是什么？

第三，你信这些证据吗？

第四，如果信，为什么？"

惠美听完，告诉我她也天天这么问自己。

"如果我觉察不到那个声音，又怎么办呢？"我问。

"每天写日记，做反思总结。"惠美说，"如果每天做不到，至少每周安排一个安静的时间做一周反思。试一下，如果对你没效果，继续寻找适合你的办法。有一个教练在身边，也不错。总之，不要泄气，不要心急，这个声音跟了你几十年，不是说赶走，它就肯走的。不过，你一定能赶走它的，我相信！"

跟惠美的对话，让我发现了以前不曾认识的自己。只要肯照镜子，总有新发现。我是人的镜子，人也是我的镜子，处处都是镜，时时都在镜中。对着惠美，我戏笑自己是不是走火入魔了。

惠美捂住嘴巴，压住笑声，凑近我，说："如果你走火入魔，我更厉害。你以人为镜，我看一花一草一木，世间的一切皆为镜。每一次的新发现，都是我们认识自己、成长自己的好机会啊。"

梦想之路困难重重，乔娜教练同行力量大

　　从美国回来后，我和浩在圣诞前夕成了家。一心干事业的我，度完蜜月后，迫不及待回到了中国，发展我的教练事业。改造浩的计划也在同步进行，我相信能在两年内说服他到中国定居。

　　原以为毕业了，就可以顺风顺水地开始教练，但真正的学习才开始。一次次的拒绝，一次次地叩响那个"你不够好"的声音。我知道自己已经"够好"，我也知道人在取得成功之前，遇到很多挫折甚至失败是必然的。最初我还能这样安慰自己，可是，拒绝多了，我不免问，既然"够好"，为何总是被人拒绝？我是不是在自欺欺人？

　　这是一家全球知名公司的在华机构，几乎在中国各大城市都有网点。我先是和亚太区经理面谈，然后又是中国区经理，最后到上海总部的商学院试讲课。台下只有两位听众：商学院院长与亚太区经理。我是胸有成竹地走上讲台的。不

仅仅是因为我的主题"运用教练思维提升销售业绩"够新颖，更重要的是我对讲稿倒背如流，不论从PPT的设计到讲课技巧，都面面俱到。然而等待我的是又一次拒绝。对方的回复是"你做得非常好，只是不太适合我们"。哪里不适合，没人告诉我，我更找不出哪里没做好。

人说心想事成，我不只心想，而且还竭尽了全力。这一次的拒绝，我脑袋里已经不是"你不够好"，而是觉得自己也许根本不是那块料儿。人遭遇了失败，最容易也最顺理成章的做法就是放弃吧。那些在梦想的路上，坚持到最后的人，太了不起。是什么支撑他们坚持到最后的呢？是所掌握的知识和技能吗？我在国外学了最先进的知识，我自认对教练的掌握和应用已走在国内很多同行前面。可是，面对一次次的拒绝，我还是撑不下去了。如果不是专业知识和技能，什么可以让我坚持下去呢？

信心。"只要相信，就会有奇迹。"这是我最喜欢的一首英文歌。可是怎样才能有信心呢？证据，我太需要更多的新证据证明自己"够好"。不过，如果我不相信自己，客户怎敢相信我？新证据从何而来？这么说，我一定要先相信自己？没有证据又如何相信？不对，那些实现梦想的人，在起步的时候往往都是最不被看好会成功的人。他们哪来的证据？他们是怎么做到有信心的呢？

所幸的是身边有乔娜教练，我们常常相聚在深圳中信广场的星巴克，一谈就是一天。乔娜见我如此沮丧，就给我讲了她年轻时的故事。那时乔娜三十出头，刚进了加拿大一家投资理财公司。一个涉世未深的新人，要去管理人家一生的积蓄，责任不小。她非常努力地去做，但投资总是有风险的。有一天十支股票在半小时内跌到跌前市价的十分一。她有两个跟这十支股票公司相关的投资客，也因此破产。按照公司的规定，投资客欠钱，经纪人需负责。这是突发状况，没人预期到的事，虽然不是乔娜的错，但公司仍要她赔差额。因为不是乔娜的错，公司认为只跟乔娜收一半是合理的。乔娜回忆道："这几乎是我一年的薪资啊！那一天我瘫坐在地上，泪如雨下，我不想干了！这样的工作不是我想做的。但最后我告诉自己，我要站起来，用两年的时间赚给公司这笔钱，然后再离开，最后我做到了。"

我忘了自己是在星巴克，早已泪流满面。

沉默了好一会儿，乔娜说，是不是我的故事让你想起了自己？你所经历的，不是一般人所能承受的，走到今天，你真的很了不起。拍拍你的肩，对自己说声："谢谢你，我为你骄傲。"

含着泪，我照着她说的做了，实际上我很久都没有"谢谢自己"了。

"那么大一笔钱，为什么你那么肯定自己两年就能赚到呢？"我问乔娜。

"如果你想做到，却不相信自己能，那么可以肯定，你一定做不到。"乔娜说，"相信是一种选择。不是看见才能相信，而是相信才有可能看见，最后的胜利属于相信自己之人，相信自己是无条件的。"

是啊，我不需要证据，只需无条件地相信自己，我对自己说。

为了找到我和客户谈判遇到的问题究竟是什么，乔娜陪我一起去见客户。

记得那天早上见客户前，在酒店的客房，乔娜让我把她当作客户，先演练一下。这位客户五十开外，企业做得风声水起、霸气十足。要不是熟人介绍，估计他不会见我。

曾经有老板当着我的面不客气地说："你看起来这么年轻，凭什么我要信你能解决我的企业问题？"一位非常成功的企业家朋友曾劝过我，说我的衣着打扮太女性化，柔往往和弱连在一起。在男人的世界闯，女人需要把自己包装成职业干练的女强人形象。我说："水最柔，但滴水可以穿石。"朋友却说："别忘了，中国人以貌取人，第一印象非常重要。商场如战场，强者生存。你做企业教练，气场上要强，人家才能信你。"

朋友已打造出一个名牌企业，他的话不无道理。所以见这个客户，我从头到脚包装了自己。"一定不能被客户的气势吓倒。"我想。

演练刚开始几分钟，乔娜叫停。

"我感觉到你绷得很紧，气势咄咄逼人。是紧张还是……？"乔娜问。

"这个客户就是咄咄逼人，很强势，我必须和他的气场一致，才能说服他。"

"放松，放松。"乔娜说，"强势不需要咄咄逼人。你可以以很平和的语气说话，但依然让人感受到力量和气势。"

说着，乔娜给我做了示范。

"外表、说话的技巧这些都重要，但力量来自里面。"乔娜说，"里面强，外面才能强。"

"还是被你看出来了。"我说，"我的强势是装出来的，因为我觉得他比我强。"

"是不是那个'不够好'的声音在作怪？"

"是的，我怎么就改不掉呢？"

"不要紧，慢慢来，有一天你会做到的。"

当我调整自己以后，发现客户不再咄咄逼人。原来心里有什么，眼里才能看到什么。

记得有个故事说苏东坡与佛印有一天在西湖泛舟，年轻的苏东坡想在佛印面前显摆一下，就对佛印说："你长得一身横肉，我看你就像一坨屎。"没想到佛印只是微微一笑，说："我看你像一尊佛。"聪明的苏东坡本想惹佛印发脾气，没想到他会这样回答，于是问佛印。佛印告诉他："我心中有佛，所以我看见的都是佛，在我眼里你就是一尊佛；而你心中有屎，所以你看见什么都是屎，当然就会说我像一坨屎。"

这次见客户比以往顺利，当客户出的服务价格低过我的底线时，我甚至有了勇气拒绝。尽管最后没有谈成这个客户，但我对自己的表现很满意。

此后，我不只是注重外表形象的改变，也更加留意驱赶那个"不够好"的声音，重新塑造内心的"自我画像"。我发现只要时时关注情绪的变化，就更容易抓住那个"不够好"的声音。乔娜也常常开玩笑似的来一句：那个"不够好"的声音在作怪啦……接着便是我熟悉的哈哈大笑声。从来没有见过一个人总是这么轻松快乐，从来没有一句"提醒你这么多次，怎么又犯了"的责备。

有一天，乔娜正说着别的事，突然想起了什么，对我说："记得有一次培训后，一个学员走到我面前说'你讲得不咋地'。如果你在我的位置，会怎么处理？"

"如果是我，我要崩溃了，不知道怎么应答。"

"一个最顶级的厨师做出来的菜，是不是所有人都喜欢？"

　　"不是。又是那个'不够好'的声音在作怪。"我说，"一个班有那么多人，就因为一个人说不好，我要忽略那么多人的好评？"

　　"有进步，有进步。"

　　"可是，你当时是怎么处理的呢？"我问。

　　"我对她笑笑，说：'我从来没有觉得我咋地。'"

　　乔娜为我树立了一个标杆，我对她越来越崇拜，忍不住脱口而出："要是我能像你一样就好了。"

　　她马上纠正我，"嗨，你不需要像我，做你自己就最好。"

　　假如没有乔娜在身边，我会放弃梦想吗？也许会，也许不会。不过，有一点很肯定，没有乔娜陪我这一程，我一定会走得更辛苦。梦想的路上，障碍重重。可怕的不是外在的障碍，真正的敌人是内心的障碍。而内心的障碍中，最致命的是失去对自己的信心。

　　那些正遭遇失败、挫折之人，如果身边有教练，重新找回信心，又会是什么结果呢？

9

不是不懂才问，而是把思考的能力还给人

像我的导师一样，如今我也站在讲台，教人学教练。初学教练的人，"如何提问"是难点。

为什么呢？

成人失去了好奇心。

记得打第一份工，我和同事被单位派去昆明参加一个"全国旅游订货会"。会后由组委会安排，我们和一群全国星级酒店的经理们从昆明经大理到越南、缅甸旅游，这些经理们平均年龄四十岁左右。我和同事是第一次出省，每到一个地方，就兴奋地跳下车，什么都好奇，什么都想问个明白。而这群经理多数时间都留在车里，要不就是走马观花匆匆看一下。这么美丽的山山水水，他们怎么无动于衷？

出于好奇心，我一个个问，一车将近四十人，答案很相似，"我们走的地方多了，这样的风光不是没看过。"原来四十岁，人就变这么麻木了，我那时感到后怕。"等我四十

岁，一定不要像他们一样！"我向自己许愿。现在我离四十岁也不远了，当年的好奇心不知不觉在消失。要不是学了教练课程，找回了好奇心，我和那群经理一样早麻木了。

好奇心在消失，而人偏偏又放不下自己仅有的那一点"知"，喜欢讲，来证明自己的"懂"。"不懂"才"问"嘛，所以很多人情愿"不懂"装"懂"，哪里还会不打自招地去"问"呢。

乔娜教练曾对我说，有一次上课，导师问了她一个问题。问题看似很简单，但是她确实不知道答案，于是如实回答"不知道"。没想到课后不少同学来找，问她怎么做到的。乔娜莫名其妙，"不知道"就是"不知道"，还需要想怎么承认自己的"不知道"吗？

所以，学习提问，首先要"不怕"承认自己的"不懂"，"不怕"被人当作"不懂"。

"如果人家认为我不懂，就不会信我，又怎会听我说？"有学员问。

"'懂'的标准是什么？"我问。

"能够给出问题的答案。"

"直接给你答案，和通过提问引导你自己找到答案，你会选择哪一个？"

"后者。不过，有时候实在想不出，就希望别人给我答案。"

"如果一个人引导你自己找答案，你会不会觉得这个人'不懂'？"

"刚开始会，一旦意识到这些问题在启发我动脑筋，不是考我，就不会。"

我辅导的个案中，一开始几乎都会遇到这样的情形。我对大家说，只要会提问，很快就能突破这个阶段。教练的目的不是为了证明自己的"懂"，也不是为了不给答案。教练是为了人认识自己，提升思考能力，克服内外障碍，达成设定的目标。

想想看，如果父母从来不松手，孩子能学会走路吗？如果人不思考，总想别人给现成的答案，会是什么后果呢？所以，不要以为别人总热衷于给你现成的答案是好事。别忘了，你正在付出失去思考能力的代价。如果你是那个爱给孩子答案的父母，你就正在剥夺孩子的思考能力；如果你是那个爱给答案的上司，跟着你做事的员工就是不幸的。

当然，如果不懂提问而东问西问，不是让人觉得越问越晕，就是令人觉得自己笨，激起人更多的抵触而不愿意继续听你说，这不足为怪。

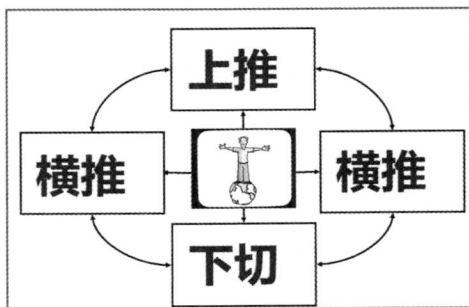

上推

横推　横推

下切

教练的提问是有方向的，这幅图告诉了我们提问的三大方向。

上推，就是启发人看目标、看未来，相当于教练地图的目标环节。比如可以问：你想要的目标／结果是什么？你想

第七章　超越自我，为梦想而行动

109

解决的问题是什么？你想改变自己的是什么？为什么想？为什么现在想？这个结果对你的影响是什么？维持现状带来的后果是什么？你接受这样的后果吗？

向上提问的目的有三：一是让人清晰自己的目标是什么？（要做什么？）二是这个目标对自己的重要性是什么？（为什么做？）三是这个目标的紧急程度有多少？（为什么现在做？）

这一步就像启动发动机一样，能把人点燃而自动自发。人如果做事没有积极性，依赖外在的激励，别人推一下才动一下，或者总是拖延，就是这一步没做到位。

"我有一个朋友不会说话，我劝他多社交，多说就会越说越好。我也极力拉他去一些社交场合，但每次他都临阵脱逃。这是不是属于您说的动力不足呢？"有学员问。

"不会说话，对你这位朋友的影响是什么呢？"

"多啦，"学员说，"现在女朋友还没谈成；工作上他的专业能力很强，但因为这一点，每次晋升都轮不到他。"

"不会说话，你的朋友自己想克服这一点吗？"我问。

"当然想，他很苦恼。"

"苦恼解决问题了吗？"

"没有。"

"想解决问题，又没有行动，阻碍朋友的是什么呢？"

"怕说错话。"

"说错话又如何？"

"被人笑话。"

"'被人笑话'，和'女朋友谈不成，职场没有晋升'，哪一个后果更容易承受？"

"对啦，"学员说，"我只顾给他出主意要他多社交，却没有引导他看到继续这样下去的后果，难怪他没有行动力呢。"

向上提问，最重要却常被忽略，我向大家解释说。因为人习惯于思考"做什么""怎么做"，忙于"做"个不停，很少问"为什么做"。"为什么做"才是人做事背后真正的动机，也是动力所在。想想看，当你觉得一件事对你非常重要，不马上行动后果将不堪设想，你还会拖延吗？

教练的第二个提问方向是向下提问（下切），通过问一些更具体的问题，掌握细节，细节决定成败。比如，不会说话的恐惧是"怕说错话"，这里有很多的信息是不明确的。

"你的朋友'怕说错话'，是指所有的场合吗？"我继续问这位学员。

"不是，只在有陌生人的场合。他和我们这些朋友在一起时，挺会讲的。"

"为什么会这样呢？"

"他可能觉得朋友之间熟，讲错话没关系；而陌生人面前说错话，人家会对自己有看法。"

"人家有看法，又如何？"

"我不知道。如果是我，我会觉得不被认同。"

"不被认同，又如何？"

"不舒服，有挫败感，然后开始自我怀疑。"

"这是你的感受，还是朋友的？"

"我的。"

"朋友是不是也这么想？"

"差不多，我想。"

第七章 超越自我，为梦想而行动

"这是你的猜想，只有问他本人，才能知道真相。"我说，"真相大白之时，问题自现。就好比一起谋杀案，侦探所做的一切都是为了还原真相、找出凶手。不了解真相，再多的方法都是治表不治里。"

如果这位朋友"怕说错话"背后的真相是"怕得不到认同"，我对大家说，就需要引导他看到，"自我的认同""自信心"一旦建立在别人的认同之上，他就等于放弃了自主权，而成为了别人的奴隶。因为别人的认同是反复无常的，既容易得到也容易失去。道理容易明白，不过，由"需要人的认同"转向"内在自我的重建"，需要时间。

因为这位朋友不在现场，我们无从得知真相。但是由这个案例我们可以看到，不论做什么事，其实都有内在和外在的因素（障碍），内外相互影响。比如"不会说话"外在的因素可能是"缺乏沟通的技巧，不会察颜观色，缺乏锻炼"，内在的因素可能是"怕说错被人笑话，得罪人，不被人接纳、认可，不受欢迎"，等等。人有可能受阻于内外或单方面的因素。通常情况下，内在的因素容易被忽略。很多人学了一大堆沟通技巧，还是不会和人沟通，问题就在于没有克服内在的障碍。

所以，只有找到问题的真相，我们才能对症下药。如果是内在因素，往往是一些限制性思想所致。找出限制性思想，质疑它的真实性，很容易不攻自破。内在障碍的破除，为人打开了可能性之门。

这牵涉到教练的第三个提问方向，就是水平方向的提问（横推），主要是为了启发人思考身边的资源，发现更多解决问题的可能性。没有必要闭门造车，重新发明轮子。比如可以把自己和身边的朋友、同事、上司，或者自己尊敬的人、过去类似的成功经验举一反三拿来用。

"你的朋友已经试过什么方法？"我又问这位学员。

"什么都没试。"

"你有没有'怕说错话'而不敢说话的经历？"

"有。"

"你是如何克服的呢？"

"我的老板在各种场合说话都恰到好处。我观察他怎么做，记下他是怎么说的，然后模仿他。"

"一开始不一定模仿得好，你不怕'说错被人笑话'吗？"

"怕还会有，不过谁没有说错话的时候呢？先在熟悉的小场合练，可以有陌生人，但不要一下子太多。还有提前准备也很重要。"

"你认识的其他朋友中有没有类似的情况呢？"

"我同事。"

"他是如何克服的呢？"

……

"之前有和朋友分享过你、同事还有其他人类似的成功经验吗？"我问。

"有，但不具体。我没有总结过自己的经验，直到您问，我才想到了很多细节事项。"

"怎么帮这个朋友，我现在有眉目了。"学员说，"按这三个方向提问，我还需要遵循教练地图的四大步骤吗？"

"你认为呢？"

"我认为需要，不过，还想老师确认一下。"

"为什么你认为需要遵循？"

"教练地图是大步骤，是一个完整的教练过程，而三种提问方向有可能交织在各个步骤。"

"是的，"我说，"这些都是一个指引，不要把自己框死。规则是死的，人是活的，规则为人而服务，所以因人因事灵活运用。"

说，总是比做容易；要求别人，也比要求自己简单，我想。言所行，行所言，我还有很长的路要走。在台上，有时我还会害怕被学员问倒，还会害怕在学员面前承认自己的"不懂"，也会不喜欢被人当作"不懂"。但有一天，那个内在的我强大后，我会做到像乔娜教练那样坦然地承认自己的不知道，我相信。

10

教练对『钱』的看法，实现收入的倍速增长

因为工作的关系，我接触到很多企业老板。我发现了一个现象，于是问一些比较熟悉而又成功的老板，"为什么你们好像很容易就能赚钱，而有一些人做得这么辛苦，却还是处于艰难求生存的阶段？或者总维持在吃不饱恶不死的状态？"

"赚钱？那还不容易？赚钱难，那是因为没找到赚钱的方法。"他们说。

"赚钱的方法是什么呢？"我问。

"跟着我干吧，我一定会把你带到不同的高度。"

那个时候一心要干自己事业的我，哪里愿意给人打工，可想而知，我得不到答案。这并没有阻止我继续通过各种渠道找答案。因为这也是我自己遇到的问题，一直争分夺秒地干，但在收入上却没有大的突破。最后，我发现了原因，并在自己身上试验，很有成效。

我为此兴奋，趁着回英国休假，抓住先生浩来了一场

家庭讨论，希望他挑战我的观点，更希望他也受益。浩有着明察秋毫的思辨能力，任何经不起推敲的东西，他都不会放过，一定会和我辩到底。而且他知识面广，我常说他是百科全书。在外面我是教练，在家里他是我的教练。

"亲爱的，你知道我以前那么努力，为什么收入上不去吗？"我问。

"我当然知道，你收费太低，付出远远超过你的收入。我跟你说过很多次了，提高收费标准，你从来不听。"

"好，你说说看，我为什么不把收费定高点呢？"

"你低估了自己的价值。"

"我为什么会低估自己的价值？"

"我哪里知道，也许是你对自己的评价不高。"

浩边说边催我快点，不要卖关子。我告诉他，我是因为脑袋里那个"不够好"的声音还在作怪。这个"不够不够"的思想，其实就是我不接纳自己，因为我不够好嘛。当我觉得不够好时，当然会认为自己不配收更高的费用，更直接点就是，不配拥有更多的财富。

浩直点头，我继续说。

在英国，你小时候再穷，也比中国那个年代的生活条件好多了。我们全家就靠父亲做老师的那点工资，日子很清贫，父母老是发愁钱不够花，不论怎么精打细算，就是不够。我童年时在外婆身边，大山里的人更是穷，什么都奇缺。这样的条件下长大，我一直觉得穷，一直相信等我有钱了，就会觉得"富有了"。而挣钱的工作方式恰恰是倒过来，你必须先觉得"富有了"，才能够把赚钱的机会吸引到身边来。

"等等，我不同意你的观点。那些诈骗犯，有多少是穷名牌、开名车装富来骗人的？如果个个都像你说的这样装富，那这个世界都是骗子了。不行不行，你这个说法是毒瘤，会害人的。"

还没说完，浩就把我打断了，帽子也给我扣上来了。

要是往常，我一准儿不说了。可是今天不行，我还得说。听着，这种"富有"的感觉不是靠名衣名车这些外在的东西装出来的，也不是做给人看的，它是你内在的一种感受。一个人可以衣衫褴褛，但内心依然"富有"。

"听不明白，本来没有钱，怎么可能感觉'富有'呢？"

我不高兴浩又打断我，继续说：不是装富。生命是无价的，有什么可以抵得上你的生命？再说白一点，人给你多少钱，你愿意拿来换你一条命？能活着，不就是富有吗？！这并不是说人不需要赚钱，什么也不要追求，什么也不要做了。不，我想说的是，富有是一种感受，是人与生俱来的权利，任何人都剥夺不了！

"我现在明白你为什么老拉着我去转墓地了。"浩说，"不过，对一个穷人来说，就算感觉'富有'，他实际上还是没钱。"

"你说的对。不过，这正是现状改变的开始。现在想象一下，你已经拥有了想要的一切，很富有，你的感受如何？"

"没什么特别，和现在一样。"

"你现在的感受是？"

"我不知道什么感受，男人不说感受的。"

"好吧，当你很富有时，你认为你会怎样？"

"搬到乡下过自给自足的生活，我的梦想实现了。我认为我会很满意，说话更自信！也许，我本来就挺自信的。"

"再想象一下，假如你失去了所有的，别说搬乡下过自给自足的生活，下顿饭在哪里都没有着落，你会怎样？"

"我大概会失望，也许还会焦虑、担心。见鬼，压力也来了，我讨厌压力！"

"假如你在寻找合作伙伴，或者招聘员工，你愿意选择哪一个，前者还是后者？"

"当然是前者，"浩说，"我现在看出来差别了。'富有'的感觉改变了人的精神状态。人一旦改变精神状态，不只吸引机会，甚至没机会也能创造机会！教练，是这样吗？"

"听着，还有很重要的一点，我还没讲呢。"我忍着笑对浩说，"我从小受的教育是'钱是万恶之源'，有钱人都是自私自利、冷酷无情、肮脏污秽、为钱不择手段的。所以，尽管我想赚钱，也懂没钱不行，但潜意识里我讨厌钱，不想跟钱沾边而损了自己高尚的形象。想想看，如果我嘴上说爱你，但心里并不爱你，你还会和我在一起吗？"

浩连连点头，这次没再打断我。

如果我对钱也是这样的态度，嘴上说想要钱，心里却厌恶钱，钱怎会跟我在一起呢？钱本来是中性的，它只是一种价值交换的工具和手段，不是目的。一些有钱人损人利己的行为，是那个人自身的问题。用钱来提高个人生活品质、造福他人、造福社会，何罪之有？谁愿意选择吃了上顿没下顿的穷日子呢？

"人都是有贪欲的。"浩说，"钱越多还会想更多，永远不够。多少的家族恩怨、社会犯罪不都是因钱而起的吗？"

是不是穷就不会有这些问题？我对浩说，你只看到了人利用钱干坏事儿，却没有看到人用钱为社会谋福。中国娱乐业的大亨邵逸夫是个大慈善家，他的邵氏基金广泛捐赠给教育、医疗、社会福利事业。他为中国捐资办学，很多重点大学和中学都受益了，我们学校的图书馆就是他捐的。还有英国人都熟悉的化妆品"小妇人"，它的创始人阿尼塔，一直致力于帮助孩子的慈善工作，她不是把几千万财产都做了慈善吗？这样的例子还有很多，所以不是钱制造了问题。是人把钱当作了人生目的，甚至是唯一目的，才制造了这么多罪恶。

"是不是人只要改变这些观念，就能致富？"浩问。

不完全是。转变看法，并不代表坐在那里"心想"，不付出任何努力，钱就会从天而降，那是做梦！如果竭尽全力但经济状况仍不理想，就需要看看自己对钱的'看法'是什么。不要小看，每个人对钱都有自己的一套"看法"，对钱有自己特殊的"感情"。这种感情远非人所想的，"钱嘛，人见人爱"。

"不信，我们来试一试。当你听到'钱'这个字，你想到了什么？"我问浩。

"够花就好，钱多不是好事。"

"看到了吗？这就是你对钱的看法，换一个人未必这么看。"我说，"现在想你目前的收入，你的感受如何？"

"还可以，再高点会更好。"

"再想想，假如现有收入翻一倍、两倍……你的感受？"

"当然是越多越好，可是……"

"可是什么？"

"那是不可能的。"

"为什么不可能？"

"我在同行中，收费已经算高的了。"

"假如客户觉得你的服务很有价值，自愿给你付更高的费用呢？"

"那敢情好，但这样的情形不太可能发生。"

"看到了吗？你心中有一个收入的限度。"我说，"为什么是这个数字，不是那个？这不关乎于客户愿意付多少，而是你对自己的评价，你认为自己值多少。"

"你把我搞蒙了，刚才你说生命无价，现在又说我给自己定了价，这不是自相矛盾吗？"

"说实话，你有吗？你对自己的价值有收入上的定价吗？"

"有。但这只是我，未必所有的人都以金钱来给自己定价。"

完全认同，我对浩说，每个人心中都会有自我的价值。这个价值以什么来衡量，取决于每个人的追求。人当然不可能、也没办法给自己的生命定价。但是，当收入遭遇瓶颈时，人需要从钱的角度看看心中的"自我定价"。这个"自我定价"，源自心中的"自我画像"，与人实际拥有什么、拥有多少、别人认为自己值多少关系不大。如果你想要的金钱目标和"自我定价"不匹配，往往很难实现。

这个"自我定价"不是说凭理性想定多少就是多少。如果心中的"自我画像"没有改变的话，所做的一切都是面子功夫。这和高威教练的法则"一个人做得如何，取决于内外干扰的排除"是一致的。赚钱和打网球一样，有它的一套技能和方法，人需要掌握这些外在的本领才有创造收入的可能；同时，人还需要克服内在的干扰——人对钱的看法，其实是人对自己的看法，也就是心中的"自我画像"。

我想说的是，内外的干扰同时克服，才会有效果。

当然，追求收入的提升，并不意味着以金钱为导向，把钱作为人生的目的。金钱有创造的力量，也有毁灭的力量。厚德载物是我们老祖宗留下来的智慧。一个人离开了道德，终有一天，会承载不起所拥有的一切。

　　"觉得自己不够好，不配拥有更多的财富，"浩说，"其实都跟不接纳自己有关，不是吗？"

　　"是的。"我说。

　　"我的朋友中没有不接纳自己的。你说人不接纳自己，多蠢啊！如果自己都不接纳自己，还能指望谁来接纳自己呢？"

　　浩就是这么直接，常常得罪了人还不知道。这句话令我很不舒服，但浩是对的，我想。我被这个"不够好"的声音折磨，不能接纳自己的同时，也把财富拒之门外，真的很蠢。

　　原谅自己的蠢吧，我对自己说。慢慢来，有一天，我会做到的。

11
面对死亡重新思考人生

伦敦恐怖袭击,

"7·7伦敦连环爆炸案"发生时,我在英国休假。睡了懒觉,直到中午我才得知伦敦地铁、公交被炸,打先生浩的手机,关机了。发邮件、信息,都没有回复。

电视上播放着一对恋人的遭遇。女友逃出爆炸的地铁,上了公交,打通男友的电话,刚说一句"我没事儿",爆炸声便淹没了一切,想不到这成了他们最后的告别。也许有夫妻或者恋人昨晚吵架了,今天来不及说声"对不起"或者"我爱你",就永远地走了。这么突然,什么都有可能啊。

我守在电话旁。浩在伦敦郊外工作,他自己开车,应该没事儿吧。不过,没准儿他今天不想开车,搭了地铁,他经常这么干的。时间慢了下来,我能感受到每分每秒的滑过。我本是个急性子,把电话拿起又放下的,实在熬不下去了,这才想起给婆婆打个电话。婆婆说一直打不进家里的电话,浩已经给她报了平安。

浩的平安，并没有减轻我对那些死伤人员的悲痛。我想放声大哭，又怕惊动了邻居。早上出门时，那些人一定想不到今天就是在世的最后时刻吧。他们应该还没准备好，死亡怎么可以在毫无准备的情形下降临呢？如果发生在我或者浩身上，命就这么没了，太冤了。那么多想做的事还没做，我好像还没有活过呢。

空气好像凝固了，我要透口气。拎起手袋，我出了家门。我们家附近有一个大公园，各国的花草可多了，几棵中国的垂柳让我常想起柳树下的童年，平日里我最喜欢在这里散步了。但今天，好像看什么都不一样。那个中国人忌讳的"死"字缠上了我，我不想都不行。

"如果今天死了，这一生你留下了什么呢？"我问自己。

"好像什么也没有，除了房子和存款。"

"这是你想留下的吗？"

"不完全是。"

"你想留下的是什么呢？"

"我不知道。"

从来没想过这些问题。这也不能怪我啊！才三十多岁的人，死还是那么遥远的事，谁会想身后要留下什么呢？不过，今天看来，死又好像近在眼前，我不能不想了。

我想留下什么呢？小时候，父亲让我抄写、背诵唐诗宋词，我那样地崇拜李白、杜甫、白居易，曾想像他们一样，写出一些名留千古的文字，这样世人就不会把我忘了。现在我长大了，人记不记得我，倒没那么重要了。

我到底想留下什么呢？成功的事业吧，至少能证明我的一生没白活。不过，谋事在人，成事在天。有可能奋斗一生，最终还是没成功，岂不是白活了？好像又不是。父亲一辈子当老师，两袖清风，没干成什么事业，可我没觉得父亲白活了。他一生老实善良，勤勤恳恳地干工作，谁开口，都没见他拒绝过。生活困难，家里本来就不够吃，他还要拿出来救济朋友。父亲留给我和弟弟的是一生的财富，我们的善良老实、热心肠该是得益于父亲吧。

"你活着的价值到底是什么呢？"我问自己。

"我还是不知道。"

学教练课时，不同的导师曾问过我同一个问题："假如今天是你生命的最后一天，你在做什么？"每一次，我的脑海中出现的画面都是一样的。我看见自己坐在桌前不停地写。窗外是一望无际的山野和绿草鲜花，窗内柔和的灯光洒满桌台。我要在生命的最后时刻写完这本书，让人从我的故事中汲取有价值的东西。

留下让人受益的文字，会不会就是我活着的价值呢？我从来没有在课堂上分享过，因为同学们最后的时刻都是和所爱的人在一起，我怕人觉得我自私。可是，我心里并不觉得自己是自私的。平日里给家人多一点时间，最后的时刻给自己。不过，我现在给家人的时间可是太少了。会不会我追求"事业的成功"，不过是随波逐流，并不是我内心想要的呢？

"小心！"一声大喊，惊得我睁开眼睛，这才看见一只足球飞来，我本能地弯下腰抱住了头。

"你没事吧？"

我抬起头，发现一个年轻人站在离我不远的地方。刚才我只顾沉浸在自己的世界，对一群年轻人何时来到不远的草坪踢足球却浑然不知。

出于礼节，我朝年轻人笑了笑，然后摇摇头。他问可不可以坐在我旁边，原本属于公共场所的长椅，我没理由拒绝。年轻人来自伊朗，在大学读计算机专业。他不会是伊斯兰教徒吧？会不会和恐怖分子有瓜葛呢？不该这么想，刚才要不是年轻人，我没准儿就被足球击中脑袋了。再说，年轻人看起来挺善良的。不过，恐怖分子的脸上也不会贴标签啊，这些人都聪明绝顶、精通计算机的。年轻人为什么会来这里读书？为什么要读计算机专业呢？他回答得支支吾吾。还有，他的眼睛躲躲闪闪，为什么不敢看我的眼睛呢？

我开始怀疑他的身份了。有句话说"心美好，世界美好"。今天，我的心美好不起来，左看右看，这个年轻人都像个恐怖分子。说不准他与伦敦爆炸案有关，现在流窜到这里，寻找藏身之地呢。我敷衍他两句，匆匆起身往家逃。来时的小路不能走了，走大街安全，我对自己说。时不时回头看看，我脑海里居然冒出了他在背后向我开枪的画面。

我们这个城市，治安不错，先生几次打开车门忘了关上，不是过路人就是警察来敲门告诉了我们。这是我在英国第一次如此提防一个陌生人。当我觉得生命受到威胁的时候，我只想快点回家，只有家才是安全的。

逃回家，我松了口气。也许那个年轻人，根本不是恐怖分子，也根本没有跟踪我，更无意杀我，一切不过是自己吓自己的一场虚惊。接着我怜悯起那些整天生活在战乱、暴乱之中的人。他们每一天是怎么度过的呢？如果我天天这样担惊受怕，可真是生不如死了。生活在没有战争的国度多幸运啊，能和所爱的人在一起是多么幸福。不过，人常常对这些习以为常，我更是如此。

心理学家马斯洛认为，人在低一层的需求得到满足后，会被当作理所当然而马上追求高一层的需求。他说："对自身幸福的熟视无睹是人类罪恶、痛苦以及悲剧的最重要的非邪恶的起因之一。我们轻视那些我们看来是理所当然的事情，所以我们往往用身边的无价之宝去换取一文不值的东西，留下无尽的懊悔、悔恨和自暴自弃。不幸的是，妻子、丈夫、孩子、朋友在死后比在生前更容易博得爱和赞赏，真正的价值只有在丧失后才被认识到。"

　　我不要等到失去后。当初我想走事业和家庭两边兼顾的中间路，但实际上我大部分的时间都花在了事业上。"家成了我的酒店"，这是浩说的。可我需要的不是酒店。家里有爱，这是任何地方都替代不了的。不过，如果我不肯付出多一点时间给家，爱从哪里来呢？时间就是爱啊。

　　"我要常回家。"我对自己说。

12

老公没话跟我说，是不是养了小三

梅（化名）是通过熟人介绍找到我的。她说，为了照顾孩子，她一直做着一份稳定但不喜欢的出纳工作。如今孩子到国外留学，家里空，她的心也空了。想老公多陪陪自己，却发现他忙得不着家，两人几乎没什么能说到一起去。从前精力都放在带孩子上，没时间想其他。现在越想越觉得老公可疑，该不会在外养了小三？万一老公不要自己了，怎么办？

"老公在外养小三，是事实还是你的担心？"我问梅。

"是我的担心。"

"你的担心能阻止老公在外养小三吗？"

"不能。"

"老公不要自己，是事实还是你的担心？"

"是我的担心。"

"你的担心能阻止老公不要你吗？"

"不能。"

"对于不能控制的事情，担心的好处是什么？"

"没好处。"

"没好处的事情你还继续干的理由是什么？"

"是啊，难怪我老公总说我瞎担心。"梅说，"不过，有什么办法让老公愿意和我多说说话呢？"

梅让我想起了过去的自己，事事担心：担心失败、担心政府部门来找麻烦、担心变老、担心孩子他爸变心、担心孩子出事、担心母亲生病……甚至生活风平浪静时，担心是不是暴风雨就要来临；正高兴呢，担心会不会乐极生悲；没完没了地担心，常常处于紧张状态。记得一位朋友曾说，假如一个从不认识我的人在街上看见我，会觉得这个女人很苦、很沉重。朋友也劝我"放下，担心没用"，我又何尝不想呢？可就是放不下啊。

无奈之下，只能向好朋友、过去的同学诉诉苦。糟糕的是，我和同学们从小一起长大，父母都在同一个国营单位。所谓好事不出门，坏事传千里。很快，有话传到了母亲耳里，她问我，"你跟你的同学说了些啥啊，人家说得那么难听！我们还要回去的，你让我们的面子往哪儿搁？"

人言可畏啊，我向母亲保证，"妈，放心吧，我永远都不会再跟这些同学联系了。"

内向的我，更加少言寡语了。日子一天天过着，埋怨与担心几乎令我发疯。无处宣泄，只能在卫生间用头撞墙。我知道这样下去迟早不是死，就是进精神病院。看着年幼的儿子，我抓住了最后一根稻草——心理医生。

也许是没有找对人，奔波于各大名医院的心理咨询室，换回的却是一袋又一袋的药。"我没有病，药不能医我的心。"

我陷入了更深的绝望。

那时就是没有力量救自己，今天我庆幸选择了做教练这条路——救自己，还能帮助像梅这样的女同胞。

让梅意识到"担心没用"只是第一步，要彻底放下担心，她还有很多的问题需要解决。所幸的是，她的目光已经由担心转向了问题的解决，这是个好开端。

"为什么想让老公和你多说说话？"我问梅。

"这表示他还在乎我。"

"如果他不和你多说话，就表示他不在乎你了，是这样吗？"

"是的。"

"你的根据是什么呢？"

"我们恋爱和刚结婚那会儿，他和我有说不完的话呢。"

"他现在和你没话说，就是不在乎你了，你确定他真的是这样吗？"

我告诉梅，之所以一个问题问几遍，是为了帮助她觉察到自己的想法，并对自己的想法反复推敲一下，然后再下结论。有的时候，最初的结论可能是错的。

记得有次飞机降落，后面的乘客几次抓到我的座椅后背，扯住了我的头发。我只好把头往前伸，以摆脱他的手，但因为降落时人难受，我不得不再靠回座位，他又抓过来，由此我断定这个乘客非常无礼。我一忍再忍，突然看见空姐形色匆匆地走到我身后，广播也在寻找乘客中是否有心脏病医生。我误会了这位乘客，既羞愧又庆幸自己忍住了。

"被你这么一问，我现在不确定了。"梅说，"不过，夫妻没话说，不就是心越来越远了吗？沟通沟通，心要沟，才能通，不是吗？"

"你说恋爱和刚结婚时，你们有很多话说。发生了什么事，现在没话说了呢？"

"以前说的都是我感兴趣的话题，比如热播的连续剧、八卦新闻、哪里好玩好吃等。后来他说足球、新闻、他单位的那些事儿，我根本没兴趣，最不想听的是他在单位发言的讲话稿。他看我每次都敷衍，慢慢地就不跟我说了。"

"如果你想让老公跟你有话说，是说你感兴趣的话题，还是他的？"

"我知道怎么做了。"梅说，"我老公在外如果已经有了小三，怎么办？"

转了一圈，梅又回到最初的担心。女人，如果目光总在别人身上，一定担心个没完没了。所以，我决定尽快引导她看回自己。

"若是事实，你想怎么办？"

"我想离婚，反正孩子已经大了，不想委屈自己。"

"是想，还是一定要这么做？"

"气头上想而已，真正走这一步，还是有些不舍，也害怕。"

"你知道担心没用，其实你想怎么办呢？"

"要老公回心转意。"

"改变老公和改变自己，哪一个你更能控制？"

"我自己。"梅说，"可惜我四十多岁，再美容，脸上的皱纹也抹不掉。人又发福，漂亮衣服多数穿不进去。还有我从小喜欢画画，父母说难养活自己又放弃了。我现在有时间学，不过记性不好，悟性差，创造力也没了，我怕学不会。"

英国有一个大受欢迎的电视节目叫《你是你所食》，说的是一个人的饮食不但决定了体型，更影响了气质和性情。同样的，人也是"你是你所思"。人的体型、气质和性情反射出人的内心是如何评价自己的。我告诉梅，从刚才的对话中，我听出了她不单单不接纳自己，还给自己贴了不少标签。

"我想问你，不接纳自己，能阻止容颜的老去吗？

"不能。"

"当你不接纳自己时，感受如何？"

"担心、失落、懊悔、责备、烦躁、感觉自己没用、不开心。"

"当你有这些情绪的时候，老公的反应是什么？"

"他不愿意跟我说话，嫌我烦，不明白我为什么好端端的日子不开心。"梅说，"好几次吵架他都说：'我不在乎你做了什么可口的饭菜，我只想看见老婆你的笑脸。'"

"现在请你想象一下，假如接纳自己现在的样子，你的心情会如何呢？"我说，"假如做不到，就对自己说：'如果我不接纳自己，还有谁会来接纳我呢？'"

梅沉默了很久，在电话里，我看不见梅的表情，但再说话时，我听到她的声音有些哽咽。

"里面不纠结了，说不出来的平和、放松……"

"请你给我一个继续不接纳自己的理由？"

"没有。我接纳自己，这种感觉很舒服，好想永远停在这种状态里。"

"你当然可以停在这种状态里，因为接纳自己与否，是你的选择。"

花容月貌终会刻上岁月的皱纹，窈窕淑女终会老态龙钟。不论怎样保养，人都无法阻止这一天的到来。但是，我对梅说，人老，心可以不老，这完全是由自己决定的。心永葆青春的灵丹妙药就是接纳自己的老去，但永远不让梦想老去。梦想在你的手中，任何时候都可以出发，永远没有太晚。你觉得太晚，是你只看"最后的"结果而忽略了"在路上"的幸福快乐。

　　接纳自己，虽说是自己的选择，但要做到时时、处处、事事都接纳自己，并非一件容易的事。我过去总觉得自己"不够好"，爱拿自己的不足比别人的长处，所以多关注自己的优点，每天发一封邮件赞许和鼓励自己，对我很有效果。我建议梅试一下，但适合别人的不一定适合自己，重要的还是行动、总结，再行动、再总结，只要坚持，一定能找到对自己有效的方法。

　　只要能接纳自己，"标签问题"其实已不成问题。不过挑战一些大家普遍接受的观念不容易，我还是就此和梅进行了教练。

　　"你确定年龄大了，记性、悟性一定变差，创造力就没了吗？"我问。

　　"是的。大家都这么认为，而且我的父母、周围这些老人都这样，我的朋友、同事也像我一样出现这些症状了。"

　　听到这里，我和梅分享了两位老人的故事。

　　一位是我的婆婆，八十多岁了，退休前是会计。她兴趣广泛，爱看书读报听音乐。每周去她家，她都能细数一周英国以及世界新闻。去购物，她能清楚地口算出购物费用，她常常发现收银计价错误。至今她没有记忆衰退、思维混乱的迹象。每逢生日、圣诞节，收到我们的礼物包裹，她恨不得马上打开，但又克制自己一定要等到那一天。那种渴望激动的心情，就像小姑娘一样。她爱打扮，比我这个做儿媳的还要讲究。尽管满头银发、满脸皱纹，但她那颗"爱美之心"从来没有老去。在我眼里，她永远是一个美丽的女人。

另一位老人名叫安娜·玛丽·罗伯森·摩西，人称"摩西奶奶"，是美国著名的画家。"摩西奶奶"七十八岁时才开始绘画，没有受过专业的训练，只凭着对自然的热爱，二十多年间创作了一千五百多幅作品。百岁之后，她还画了六幅。

"现在你说说看，给自己贴了这些标签，带给你的是什么？"

"没有行动去做自己想做的事。"

是的，贴标签，其实就是把自己囚在了笼中。遗憾的是，人往往对这些标签信以为真。我告诉梅，解决的办法就是常问自己四个问题：

第一，这个想法（说法、看法）是真的吗？

第二，如果是真的，我的证据是什么？

第三，我相信这些证据吗？

第四，如果信，我为什么信？

有时问了这四个问题，人还会认定原来的想法就是真的。这主要是因为所见所闻太少。一个井底之蛙，再怎么问，它还是会觉得"天空就是井口那么大"。所以，平常多结交不同领域、不同年龄层次的优秀人物，多读一些名人自传，为自己安排一些旅行，见多识广嘛。

"我说了这么多，你总结一下，听到了什么？"我问梅。

"放下担心，聊老公感兴趣的话题；接纳自己，不再给自己贴标签。原来改变并不是那么困难，我觉得自己已经在变了。我要锻炼减肥，要学画，这下够忙了。"

"还担心老公吗？"

"现在不担心，"梅说，"以后就算担心，我就用教练给的方法调整。有这么多事等着我做，我恐怕没时间担心了。"

13

事业与家庭又一次面临冲突，二选一如何选

　　我想为家付出多一点时间，但一回到中国，"回家"总是被"客户之事"挤占，好像我和事业结了婚。而改造浩、说服他来中国发展的计划一个接一个泡汤。

　　"没有一个英国男人会像我这样允许太太长期不在家，我的朋友在笑话我，家人在责备我。现在，你要么来英国定居，要么我们离婚！"浩发来最后的通牒。

　　这一刻还是来到了，事业与家庭，我要怎么选呢？梦想就快实现了，难道要放弃吗？可是放弃家庭，又有什么成功能弥补家庭的破碎？这根本不是一道选择题。

　　"不少女人，为家而牺牲事业，为什么我就不能像她们一样呢？"我问自己。

　　曾经，我也是这样的女人，但是那一场噩梦……要是真的是梦，儿子还在身边该多好啊。跌倒容易，爬起来我可是费了老大的劲。

我已经习惯于靠自己。依靠自己，才更有控制的能力。教练要求"凡事内看"，不就是通过"承担责任"而拿回控制权吗？现在让我交出控制权，把自己的未来交给一个远在万里之外的人，想起来我都怕到心底了。我知道浩爱我，可我不能保证他永远爱我啊。万一他不要我了，我年龄更大了，又没有事业，怎么养活自己呢？再说，万一母亲有病，我没钱给她医治就太不孝顺了。我身上的担子可重着呢，只有事业才能为我今天和明天的生活提供保障。

　　这也不一定。

　　我曾在伦敦希思罗机场遇到一位老人，大约六十岁，她先生曾是医生。她告诉我，因为战争，他们无家可归，只能到美国投靠儿子。她的国家本来很富裕，他们用一生的积蓄投资了很多房产，房子没买保险，现在一切已夷为平地。我没有办法想象，到了六十岁，失去一生的积蓄是怎样的痛苦。我握着老人的手，看着那双绝望的眼睛，竟然找不到合适的话语来安慰她，只能说："至少你和先生还活着。只要活着，就有希望。"

　　所以，谁也无法预知明天，绝对的保障是没有的。也许，历史不会重演，浩不会离开我。

　　就算历史不会重演，我还是需要事业，只有不断地做事，我才能感受到自己的存在。这么说，不干事业，我就不存在了？不对。只要我还活着，我就是存在的。存在就有存在的价值，什么都换不来我的命，这我知道。

　　可是，我总不能为了活着而活，什么也不做啊。我拿什么赢得人的认可？没有认可，我会自卑，感到无能、渺小，被全世界遗忘了。不过话又说回来，人的认同反复无常，我会不会也变得反复无常？这样的话，我就被控制啦，这可不是我想要的。

我想要的是什么呢？我还是要事业。对，事业可以创造价值——于人于己有益的价值。创造是主动的，是不带压力、不为了认可而做的。不成功，不代表我没价值；成功，也不表示我比人的价值高。要是能做到这样，我就自由啦。

"把家经营好，也是创造价值。"我对自己说，"这是妻子要做的。"

"听得厌死了，我没说把家丢在一边。为什么女人就必须在事业和家庭之间二选一呢？"

也许我该问，为什么我把自己逼到了这个地步？结婚前我该知道自己没可能改变浩。不过，我应该知道的事多着呢，眼下已不是后悔的时候，太迟了。想想怎么做出选择吧，放下真不容易啊。可是，不放下，我还有选择的余地吗？

几十年前，因为跟先生想到不同的地方住的缘故，乔娜教练从加拿大到了台湾。她跟世界一百强企业的驻台湾总经理谈时，总经理说："以你的经历背景，你应该是总监的，但我现在没有总监的空缺职位。假如你愿意接受一个经理的职位，你可以在现有的空缺职位中选。"

乔娜教练最后选了一个她从未做过的职位。她说不必放下，只是换一个地方而已。

"在英国不能做教练吗？"乔娜问。

"比在中国难多了。"我说，"英语不是我的母语，说起来没有中文流畅自然；再说，英国的教练行业已经发展成熟，谁需要一个外国人做教练呢？"

"可以教英国的华人，或者海外华人吗？"

"海外的华人都很节省，"我说，"不会舍得花钱请教练。"

"通过电话，教在中国的客户呢？"

"中国人习惯面对面的交谈，电话教练行不通。"

凭着印象，我没有做任何的调查就否定了乔娜教练引导我去想的各种可能性。真不知道这种"想当然地下结论"的模式，我还要经历多少的错误，才能打破呢？

浩说："你的英文比有些英国人都好。在哪儿，你都是个好教练。要不，我给你在报纸登广告吧。"

"说了不行就不行，我哪有水平做英国人的教练？"我没好气地回答。

我说的没错。本来嘛，一件事，当人觉得不可能，它就是不可能的；同样的，当人觉得它可能，它就是有可能的。我又一次连试的机会都没给自己。

"不要家，在中国发展事业，未来再成家的可能性有多大？"我问自己。

"按照中国人的择偶标准，可能性极低；再说，又离婚，我的面子还往哪里搁，真不用活了。"

"保住家，在英国发展事业，不可以吗？"

"比在中国难多了，在英国付出十二分的努力还比不上在中国一半的努力得到的结果。"

"在英国发展事业，和在中国再成家，哪一个难度大？"

"在中国再成家。我不怕吃苦，事业的成败很大程度上我可以控制，但离开浩再成家，我几乎什么也控制不了。"

答案已经很清楚，但这是我被迫的选择。

"真的吗？有人能强迫你做选择吗？"我当然没这么问自己。

也许事业和家庭之间，本没有中间路可走。想想看，人一生短短几十年，事业和家庭都在抢时间，不可能平均分配的。一个给的时间多，另一个的时间就少了，哪个多，哪个少，还是有轻重的。凡是干出一点事业的人，有几个是一天只工作八小时呢？如果把家庭和事业放在天平的两头，理想状态不是平衡，而是有所倾斜。无论如何不应该是我这样，心不甘情不愿地一头倒。

临别送行会上，有客户祝贺我，"可以在家做太太享福，不用工作了，多好啊。"

只有常常接送我的司机一语中的，"我觉得你到英国后会不开心。"

"为什么？"我明知故问。

"因为我多次听到你说'牺牲'。当你有'牺牲'的心理时，很容易感到受害。"

司机说的对，可我就是"为了家，而牺牲事业的"。

"真的吗？真相会不会是为你自己呢？"我还是没这么问自己。

但愿司机的预言，不要成为现实。不过，等待我的将会是什么呢？如果人生的每一段都是一次旅行，那么这是令我最忐忑不安的一次。这回是真的感觉到失控了。

14

把自己弄丢了

移居英国：

来到英国之后，无事可做，让我发疯。找份"体面的"工作吧，先融入这个社会再做打算，我对自己说。

在国内我已经是人力资源顾问和企业教练，现在找一个经理的职位，应该没问题。奇怪的是，投出的一封封简历如石沉大海。原来，那点中国的工作经验，英国雇主根本不认可；那个让我骄傲的英国名校的硕士学位，也变得一文不值。没有英国的工作经验，没有英国的行业协会的专业资格认证，雇主们只有一句话，"你不具备做这份工作的能力。"降级吧，我不再瞄着经理职位了，普通职员，总有人要吧？不，还是那句拒绝。

"为什么？"我问。

"因为你没有工作经验。"

"我能干好。"我说，"我不要工资，证明给你看。"

"不行，我们不能请义工。"

白干活都没人要，给自己家倒垃圾的活儿，总能干好吧。谁知浩不在家，我几次把垃圾桶颜色搞错，垃圾被拒收，弄得家里垃圾无处可放。有天晚上，窗外重物落地的响声惊醒了我。打开窗户一看，我放在路边等环卫车第二天来收的垃圾桶，被风吹倒，一时间满街的垃圾随风起舞。不好，天一亮，汽车满街跑，到处是垃圾，弄出个车祸，我就闯大祸了！"不行，我得现在清理现场。"我对自己说。

黎明前的夜，静悄悄的，只有风呼叫着，我——一个穿着睡袍的中国女人满街追着跑跑跳跳还会飞的垃圾，满脸是泪。

几块白色泡沫板更是跑得欢，我愣是追了大半条街。把它们紧紧地抱在胸前，我恨恨地说："人欺负我，你们这些臭垃圾也这么欺负我！知道吗？在中国，我可是被人追捧的教练啊。"

"醒醒吧，被人追捧的日子一去不返，在这里你什么都不是，记住啦，记住！"

什么都不是，那我是谁？那个熟悉的我去哪儿了？还是不要让我醒来吧，我无法面对。

我究竟怎么啦？我不过是没了事业，世上没事业的人多着呢，不可能什么都不是啊。一直以来，我把"我是谁"建立在事业之上。难不成放下事业，等于丢了自己？

我得把自己找回来，我不能忍受什么也不是的日子。可是上哪儿找呢？事业吗？我不知道。要是没了事业，我不是又没了自己？

适逢复活节假期，浩提议去肯德尔附近登山。来到山脚下，我们才发现银妆素裹，一片白色的世界，下雪了，意外的惊喜啊。

考虑到天气的多变和雪地行走的危险性，我们决定只登上一面山头。登上山顶，放眼望去，干净得像白纸一样的世界，画上了我们大大小小的足迹。金色的阳光，洒在我的红装和浩的绿装上。

"这是我们一起创作的画。"说着，我扯扯浩的胳膊，习惯性地把头靠上去，我们沉浸在画中。时间不复存在，我忘记了画外的世界，有说不出来的幸福。也许这就是马斯洛说的"巅峰体验"？他说这种体验不会持续，也不常有。要是有办法常有，该多好啊。

下午三点下山后，我们经不起雪山美景的诱惑，改变主意，决定再登上另一面山头。这样等于绕着山谷走了一圈，看尽四面的风光。

"你真的要爬这座山吗？我们可以原路返回。"看我没爬多久已经上气不接下气，浩连问了两遍。

"不，继续。"我决定挑战自己。什么都不是，让我觉得自己好像死了，只有挑战才能找回活着的感觉。

才爬到半山腰，风来势汹汹，吹走了太阳。大雪夹着冰雹，打到我的脸上像刀割，眼镜片上很快积满了冰雪。我应该戴专门登雪山的眼镜，可我们是到了这里才知道下雪了。睡袋毯子应该带的，万一迷路了，今晚准会冻死的。我们应该带的东西真不少啊，但是，眼下可不是想什么东西没有带的时候了，还是加快速度，早点走出雪山吧。

记不清这样上上下下翻越了多少座小山头，还是到不了山顶，腿已经不听使唤、迈不动了。风雪不间断地肆虐两小时了，天色渐暗，每一分钟的拖延，等待我们的是什么，我和浩心知肚明。不敢拖慢浩的速度，我用手提腿，每走一步，就告诉自己，又近了一步，快了，只要不停往前迈，会到山顶的。人生中不是第一次走得这么难吧？我好像有种似曾相识的感觉。

英国的山真是考验人的耐力，海拔高，小山头绵延不绝，以为到了山顶，却总是发现一山还有一山高。浩在前面为我开路，折断挡路的树枝，不停地提醒我"滑，小心"。遇到危险的地方，他总是停下来，拉着我一起走。除了野营，浩从来不让我背包，他一人背两人的行李，并不轻松。这么危险的情形，他也没忘记扮鬼脸逗我乐，还要来几句"表现好极了"。浩常常带我走难走的路，爬难爬的山。他说，他要推我一把，因为我不知道自己可以多厉害。

今天这个挑战是我要的，但是危险了点儿。我们从未爬过雪山，这一带的山路根本不熟悉。不过，望着浩高大结实的背影，我的心是踏实的。不论情况有多糟，我相信爱的力量可以战胜一切。

终于到了山顶，浩找来两块大石头，堆在前人留下的路标——石头堆上。石头堆已经高过我们，一定是很多人到过这里了。这样的石头堆，都是登山者自发堆起来的，在英国的各大山头很常见。遇到大雾或者下雪，这简直可以说是救命的路标。我摸着一块块又湿又冷的石头，心却被每一位登山者留下的爱暖得火热。

有了路标，我们找到了下山的方向。有方向，没路我们也能走出一条路。

"要是我知道会下雪，今天一定不带你爬这座山。"这是浩回到车里说的第一句话。

第七章 超越自我，为梦想而行动

"亲爱的，正是因为不知道，才有机会发现我们这么厉害，在雪地里走了八个小时。"

"你锻炼不够，今天可是让我吃了一惊，想不到我的甜心很有潜力嘛。"

"告诉你一个秘密，"我说，"没有退路的时候，我的'打不垮，永不放弃'的拼劲就回来了。"

是的，"打不垮，永不放弃"，这才是那个我熟悉的自己啊。

我想起了那一年我们的生意出了大问题，孩子的爸爸离开了，我不得不解散工人，只留下了我的秘书、司机以及几名管理人员。公司就像我的孩子一样，我不能眼巴巴看着它死去，我需要做点什么。于是我对留下的七名员工说："公司出事了，我非常需要你们留下来，我相信问题一定能解决，公司会好起来的！但是，如果你们想离去，我会补偿三个月的工资给你们。"

他们留了下来。没有工人，管理人员自愿当起了生产工人。我的秘书一边处理客户单据，一边做饭，甚至我的衣服也是她洗的。我和司机天天跑四百多公里给客户送货，几个月的时间，我瘦了十多斤。

坚守了十个月，我们拼过来了，业务没有受损，订单如雪花般飘来。

我又想起了考大学的那一年，父亲去世，工厂照顾我们家，给了一个接班顶替的名额。那时候，已经没有接班政策，多少大学生想进我们的工厂都挤不进来。但是我拒绝了接班，我知道父亲期望我考上大学。叔叔阿姨们说我"不懂事"，考不上大学怎么办？顶着压力与丧父的悲痛，我挺过来考上了大学。

　　我想起来了⋯⋯原来，那个熟悉的自己一直在，她一直在这里不离不弃地陪伴着我，而我却以为成功的事业才是自己。

　　"她永远都在这里，在里面，不在外面，记住。"我对自己说。

15
自我教练半年跳八级
移居英国，

我并没有牺牲事业，只是换了一个地方，多了一份挑战而已，这是爬雪山之后想明白的。我相信那个"打不垮，永不放弃"的自己，会像过去一样，带着我再次征服挑战。通过自我教练我制定了新的目标：从基层干起，六个月的时间做到管理职位，两年后，干回教练的本行。

很快，我到了一家有十五万员工的百货公司，从人力资源部的基层干起。得到这份工作，多亏留学时在这家公司的打工经历。想不到事隔多年，这段经历为我赢得了一张入场券。面试我的区域经理说，她可以在两年内把我培养成经理。

"时间太长，"我说，"我用半年的时间证明给你看。"

就这样，我被安排到离家最近的分店。这家店比我留学打工的那家店大，但是这里的同事，缺少了相互帮助，似乎对我也有敌意。我的亲合，让我走到哪里都深受欢迎，同事终究会接纳我的，我安慰自己。专业工作难不倒我，要命的是，每天下午有半个小时我们必须到商场摆货上架。难的不是摆货，而是顾客找不到商品时，我们必须带顾客到商品所在的位置；如果缺货，要推荐类似品牌；再加上每周的神秘访客，一到商场摆货，我就提心吊胆，只怕顾客来问。

刚到公司两星期，有同事休假，人手紧张。那一天分配给我们部门三车货，上司安排我和负责计算工资的同事一起干。那位同事干完一车货，一句招呼没打，走了。干多点儿，我不计较，我就怕找不到有些商品的位置，更怕顾客来找。

怕什么，来什么。一位六十多岁、胖胖大大的妇人，左手拎包，右手拿着一盒鸡蛋，站到了我面前，一脸的严肃。一定没好事儿，我想。果然她打开鸡蛋盒，只见两个蛋黄流了出来。她一边耸鼻扭脸，一边用手扇着说："真恶心，恶心极了，你们怎么能卖打破的鸡蛋！"我连连道歉，请她放下鸡蛋，我会找有关同事处理。

"不行，现在就处理。你马上检查其他的，看还有没有打破的鸡蛋。"妇人毫不相让地说。

我没敢怠慢，跟她到了摆放鸡蛋的地方，近百盒鸡蛋，一盒一盒检查。妇人帮我一起干，快多了，检查完毕，没再发现破鸡蛋。老人叮嘱我一定要销毁那盒打破的鸡蛋，然后放心地离去。

也不知道我这么做是否符合公司投诉的流程，一折腾，差不多两个小时，才回到部门。上司没问，我什么都没说，但内心却像打翻了五味瓶。

好不容易等到下班，我打算走路回家，把憋了好些天的窝囊气丢在路上。

读了几十年的书，干了十几年的工作，甚至已经是顾问和教练，却还要从摆货架、检查鸡蛋的活儿再干起，我受不了了。想想我在中国多风光啊，要是亲朋好友知道我在英国落魄到这种地步，不知道怎么看我呢。

接着脑袋里又有另一个声音响起，"感恩吧，人家能给你一个机会都不错了，你不愿意干，外面有大把人想干呢。"

"忍吧，只有六个月，很快会过去的。"我对自己说。

这么忍一百八十天？那几个同事，已经不止一次，完全不顾我的感受，看着我出丑了。

记得负责培训的同事，在食品安全课上，问我如何解冻食品。我说，放冰箱外面。

"错！我就知道你会做错。"她那么兴奋，原来我做错可以让一个人这么开心啊。

"微波炉吗？可我不喜欢用微波炉。"我小心地问。

"错！我就知道你不知道。"她俨然打了胜仗似的说，"正确的做法是从冷冻室放到冷藏室。"

今天这位同事更离谱，明明知道我是新来的，不熟悉商品的位置；明明知道是三车货，却心安理得地干完一车就走了。也不怕得罪我，这分明是不把我放在眼里，看不起我这个中国人嘛。这么忍，我是不是太窝囊？要不就是我太敏感了？

记得当年为考雅思上英语补习班，班里有位同学正在办理加拿大移民，他说是为了孩子的教育。我问他，"你不怕在国外被人看不起吗？"

"没这么敏感吧，你看得起自己，别人才会看得起你。"

这句话成了我的座右铭。后来所到之处，我有礼有节，从来没落到如此不受欢迎的地步。她们这样的行为已经不止一次了，我不是敏感，可我哪里做错了呢？

"不是你的错，"先生说，"是你的高学历，恐怕你上司的学历还没你高，她们感受到威胁啦。你不该干这份工作，太浪费了。"

被先生这么一说，我更是觉得是作践自己。不过，给别人白干，人家都不要，我还有什么退路呢？乔娜教练分析我的价值观时曾说，最好工作与个人的价值观匹配，如果有冲突，人是有选择的。要么不做，要么暂时放下自己，按工作的要求做。冲突之下，能做多长时间，取决于个人。长期冲突，一定会有问题。就好比演员，每一部戏，角色不同，要求不同。演员只是暂时演某个角色，演完戏，又可以做回自己。否则，恐怕没人想当演员了。

我不如权当演六个月的戏好了。再说，每天我不过干半小时的摆货上架。细想一下，摆货上架里面的学问可多着呢：货品如何陈列？为什么要这么陈列？同类品牌、不同品牌如何穿插陈列？哪些牌子是可以替代的？哪些货补得快？……

这么一想，内心的不平衡少了，反而觉得这是一个求之不得的机会。想想看，在中国我哪有机会干这样的工作？留学时，一个中国男孩也这么说过。

男孩在读本科，家庭条件相当好。有一天，我看见他满面尘土，像是刚从面粉厂出来，大吃一惊，问他出了什么事儿。

"我刚从打工的磨石厂回来。"

"干这么脏的活儿，你妈妈不心疼死了。你钱不够花吗？"

"不是，我不会让妈妈知道的。"

"那又为什么呢？"

"以我家的条件，我回国根本没机会干这样的活。"男孩说，"我就是想找这样又脏、又没人肯干的活儿磨炼自己。如果这样的苦我能吃，将来什么苦我都不怕了。所以我干过很多活，洗过碗，给花园剪过草，还给人刷过墙……"

想通之后，我开始每天提前半小时到公司。不打卡上班，先在商场逛，记商品的位置，查看商品说明，比较品牌的差异，也留意观察每天的推广活动，甚至员工、管理人员的工作表现，我都看在眼里，并一一分析。

我还是会有不平衡的时候，特别是发工资的日子。我从来不愿意看自己的工资单，那个少得可怜的数字，只会又一次打击我的自尊心。我不是见钱眼开、看钱做事的人，但是当所得与心中的自我价值严重不匹配时，对自尊的伤害不亚于一场暴力。我不怪公司，因为有些岗位，不论干得再好，封顶的工资只能这么多，这是常规。摆错位置的人是我，不是公司，可是我仍然感到受伤。有时候，真希望自己是机器，指令是什么，就做什么。然而人脑不是机器，我什么道理都懂，偏偏想要这样，做出来却是另外的样子，心中真是苦啊。

情绪特别低落的日子，上下午班时，我就早点出门，在离公司不远的小河边来回走走。留学时，一次上户外课，老师要求我们沿着一条小河走，一小时后返回，分享对河流的所思所想。有位巴西的同学说，沿着河往回走，才意识到原来已经走了这么远，所以人要常回头看看，只顾往前走，有时会忘记走了多远，忘记给自己应有的肯定。从那以后，我喜欢在流淌的河水中看自己过去的电影，看自己是怎样一次次逆流而上，如此我又有了力量，做好我该做的。

下班后，为了把工作的烦恼丢在路上，我习惯了走路回家，专看人家的花园。花不论有没有人欣赏，都开得那么美。花看多了，心也就美好了。

六个月的时间总算熬过来了，每天我盼着上司找我做六个月的面谈。时间一天天过去，公司的重组与裁员，让上司的脸一天比一天阴沉。不管怎样，我不能再等下去，于是我主动找上司，她说："现在，我连规划自己的时间都没有，实在没有时间想你的。"

上司没时间，那就由我来规划，第二天我递交了辞职书。一个月内，我到了新单位的人力资源顾问组，和工作了几十年的老顾问们一起做事，我终于可以发挥所长、扬眉吐气了。但是我知道，没有在原单位六个月的磨炼，我不可能在那么多选手中胜出。这一段的历程，让我体会到换位思考是多么的重要。当我被摆在员工的位置时，这才发现自己并不比人觉悟高，我也会在意我的工资，在意上司如何对我。当我的付出没有得到公正的回报时，我的积极性也会受到打击。如果有一天我再辅导员工，我相信能更好地理解他们的需求；再辅导企业，我要引导他们认识到，企业和员工本在一条船上，当员工的需求不能得到满足，不论是物质的还是精神的，企业终究是走不远的。

婆婆听到我进了她退休前的单位，高兴地把我紧紧抱住，不停地说："我为你骄傲，你可是连跳了八级啊。"她说她干了一辈子，也没有升到我的级别。

"谢谢你，我为你骄傲！"趁没人看见，我拍拍自己的肩，感谢那个陪我走过这一程的自己。

16

是幸福家庭的秘诀
顺服与舍己
角色错位是祸根:

回到英国，第一场奋战便是找工作。待工作稳定，突然发现家里原来有这么多问题。我明白"并没有牺牲事业，只是换了一个地方"，但是一遇到不顺心，那句"我为你牺牲了事业"的话就会丢给浩，希望他能迁就我、听我的话。

"不，你不是为我，那是你自己的选择！"浩丝毫不买账。他说得对，我当然不肯承认。只有赖到浩身上，我心里才能平衡点儿。教练的那套"凡事内看，承担责任"，在家里是行不通的。

我对浩有一套"应该手册"，浩对我也有，而且是小到洗碗应该怎么洗、茶杯应该怎么放都要喋喋不休地"应该"个没完。我觉得我的"应该手册"是合理的，比如男人应该奋斗，应该多学习，不能老想着玩，这都是为他好啊。而他的"应该手册"全是吹毛求疵，比如碗洗干净就行了，哪有这么多规矩，简直是挑剔我。

不管对方接不接受，我们用各自的"应该手册"努力地改造对方。然而，事与愿违，浩觉得我不懂享受生活，而他的每一个"应该"都在唤醒我内心的对抗。我开始怀疑是不是又嫁错了人，跑到万里之外，而且是教练的精心指导下，又找了一个骑在自己头上做"老板"的人吗？我的要求不高啊，只想男女平等，谁对就该听谁的，这不对吗？

我找不到答案。

直到我遇到一对中国夫妇：丈夫是大学教授，妻子是家庭主妇，照顾两个孩子和年过八旬的公公。他们之间的恩爱默契、妻子对丈夫的夫唱妇随，吸引了我。特别是当我得知妻子放弃事业而一心照顾家庭时，我的好奇心更重了。难道她不怕丈夫有一天不要自己？不怕深受学生爱戴的丈夫有一天出轨吗？是什么让她可以这么心定呢？

她说：是上帝，是耶稣基督的爱。

这位上帝有这么大的能力？我翻开了《圣经》：

"你们做妻子的，当顺服自己的丈夫，这在主里面是相宜的。你们做丈夫的，要爱你们的妻子，不可苦待她们。"（《歌罗西书》3：18-19）

只看了前半句，我就受不了了。实在是重男轻女嘛，凭什么要求妻子顺服丈夫，而不是丈夫顺服妻子呢？照这么说，男女半边天白争取了，女人岂不是倒退到封建社会的男尊女卑了？

教授的妻子解释，顺服并不是让妻子在身份地位上低丈夫一等，更不是让妻子完全没了自己的意见。当夫妻双方有不同意见时，妻子可以提出看法，但把最后的决定权交给丈夫。你做企业教练，一定深有体会，一家企业不能有几个老板同时掌握最后的决定权。家庭也是一样，夫妻二人争话语权，这个家就乱套了。

"话语权，应该是谁对给谁嘛。"我说。

"清官难断家务事，你觉得家事都能分出对错吗？"教授妻子说。

不过，凭什么话语权是丈夫的而不是妻子的呢？我还是不服。见我皱眉头，教授的妻子指给我看另一段《圣经》：

"你们做丈夫的，要爱你们的妻子，正如基督爱教会，为教会舍己。"（《以弗所书》5：22）

上帝要求丈夫给妻子舍己的爱，教授妻子说，舍己，就是放下，放下面子聆听妻子的意见、建议，放下面子在妻子面前承认自己的错误；舍己，就是牺牲，牺牲自己的时间做妻子认为重要的事，牺牲自己的体力做妻子做不了的事，甚至牺牲自己的性命去保护妻子。

看来，做到舍己的爱，要比顺服难度大多了。原来我婚姻中真正的问题，是因为没有摆正自己作为妻子的角色啊。要是从前不老是跟孩子的爸爸争谁对谁错，也许就没那么多争吵了。记得公司请了一位退休的老教授研发产品，我们请她一起吃饭。孩子爸爸说什么，只要我不认同的，马上就发表一通我的意见。饭后，老教授以女长辈的身份悄悄劝我，"做妻子的，千万不要在人前否定自己的丈夫，要给丈夫面子。"我倒是记住了这番话，但有时气头上就是忍不住。再说在家里，又没外人，还讲什么面子？他也从没给过我面子，不也是把我从公司骂到家里吗？现在想想，面子，其实也是尊严哪，有没有外人，都是需要的。

道理懂了，我怎么做呢？如果他做不到舍己，我还要顺服吗？

教授的妻子又翻到《马太福音》（7：12），"所以，无论何事，你们愿意人怎样待你们，你们也要怎样待人，因为这就是律法和先知的道理。"

这么说我也要舍己来爱丈夫？还要再加上一条顺服？这太难了吧。不过话得说回来，如果舍不下自己，顺服从哪儿来呢？其实说来说去就两个字——"舍己"。舍己，不论是为讨对方开心而情愿让对方赢，还是放下自己的喜好，做对方想做的或不能做的事情，等等，根本就是把对方的利益摆在第一，这可不是正常的做法。因为绝大多数人，包括我自己，都是以自我为中心，当然是自己的利益在前了。即便很多时候打着"为对方"的旗号，说穿了，还是为自己。比如我咬定"为家而牺牲事业"，实际上是"自己不能承受家庭的破碎"。想想看，两个"自我为中心"的人在一起，谁也不肯为对方"舍己"，会是什么结局呢？恐怕难逃两败俱伤，这不是我想要的。所以，不管我愿不愿意，还是要"舍己"。

如果等待对方先"舍己"行不行呢？人不都是奉行"你怎样待我，我就怎样待你"嘛。不过，细想一下，这么做表面看不吃亏，实际上等于放弃了自己的主动权和影响力，任由对方控制自己的态度和行为而吃了大亏。所以要想浩为我"舍己"，我就要先把自己舍了。

"先把自己舍了，主动付出，浩会不会不珍惜呢？"我问自己。

"我和浩从前凡事都要争个输赢，他寸步不让，也没见他有多珍惜我。"

"不过，要妻子又舍己又顺服的，丈夫会不会得寸进尺呢？"我问教授妻子。

会，她说这样的情形在丈夫或妻子身上都可能存在，所以顺服不是盲目的。美国有一位牧师，他的太太想反正你是牧师，你一定不敢跟我离婚，你一离婚名誉就不好了。你一定不敢欺负我，我讲什么，你只好听什么。所以她就借着这个"皇牌"和丈夫斗，不论怎么斗，她丈夫都忍气吞声。

有一天上帝给了她丈夫一个很特别的感动，但是这个感动不是叫他行出来的，而是要他把原则弄清楚。他说，因为我是牧师，你就天天这样捉弄我。我告诉你，从下个月开始我宣布不做牧师，我不管人家怎样讲。如果你认为我不能再听你的话，你要跟我离婚，没问题，反正我不能再过这样的生活。从那时起，这个太太想来想去，武器没有了，就乖了下来，就是这样。

所以，顺服不是逆来顺受，而是以不违背圣经的准则以及世间的法律道德为前提的。

"如果丈夫干坏事儿，妻子就不能顺服，是这样吗？"我又问。

教授妻子笑着说，顺服并不是让妻子顺服于丈夫干坏事儿。如果丈夫真的让妻子做一些违法的事情，妻子要祈求上帝赐给温柔的话语、智慧的方法去劝阻他。

《圣经》记载，有个妻子名叫以斯帖，她的丈夫是当时最伟大的国家（波斯帝国）的国王，爱面子，时常发怒，是个大男人。还有，这位国王很容易听信谗言，也不敬畏神。当以斯帖得知丈夫做了一个重大而错误的决定时，她要怎么做才能改变丈夫心意、挽救危在旦夕的以色列百姓呢？

她向神禁食祷告，寻求神的引导。然后她为丈夫预备盛宴，穿上漂亮的衣服，精心妆扮自己。宴后她温柔地向丈夫提出自己的请求，以柔和的话语软化丈夫的心。她跟丈夫说话时，几乎每一次都先说"王若以为美"或"我若在王眼前蒙恩"，没有半句责备。甚至她"又俯伏在王脚前，流泪求告"。没有什么比女人的温柔更能让男人感受到肯定与尊重，国王丈夫最后改变心意而听从了妻子以斯帖的意见。

以斯帖的丈夫是一国之君，她敢不顺服吗？不过，她冒着被休或杀头的危险，是先把自己舍了，才能在丈夫面前如此真诚、温柔。我可是学了不少说话的技巧，教练本身就是沟通高手啊，为什么我做不到以斯帖那样呢？显然不是没有方法，应该是不肯"舍己"。既然我原来的那一套行不通，而教授的妻子靠着耶稣基督舍己的爱，能做到顺服，我决定试一下，不试怎么知道呢？

17

爱的语言吗
是不懂彼此
不肯舍己，

　　柴米油盐的居家日子，小事大事儿，件件都可能因不同意见而引发争执。有个周二的晚上，我和浩因第二天去伦敦的意见不统一而发生了争执。赌气之下，浩不顾我已经跟单位请好假，决定第二天不去了。若是从前，我一定任着性子发一通脾气来解恨。这一次我却强忍着，独自上楼走进了书房。

　　顺服的功课真难，我越是顺着浩，他反而得寸进尺。工作的压力、身体的疲惫与浩的不讲理搅在一起，我的火就快压不住了。挣扎中，我想起了最近听的一篇讲道，牧师说："只要你肯舍己，放下心中那个我去爱对方，这个婚姻肯定好。"

　　唉呀，我知道要舍己，可也不能老是要我舍己，浩怎么就不肯舍己呢？一定是他不爱我了。如果他不爱我，我还要为他而舍己吗？

"你确定浩不爱你吗？"我问自己。做教练，我已经习惯于质疑自己想当然的结论。

"确定。"

"他不爱你的证据是什么？"

"他不肯为我舍己。"

"你爱他吗？"

"爱。"

"既然爱，为什么你不肯舍己？"

"这……我已经舍了很多次，他好像一次都没舍过。"

"你确定是他没'舍过'，还是你没感受到？"

"这……大概是没感受到吧。"

我想起来了，那本书《爱的五种语言》说每个人爱的方式不同，大体有五种：第一，肯定的言辞；第二，好品质的时间；第三，接受礼物；第四，服务的行动；第五，身体的接触。显然我和浩是不同的，我要的是有品位有档次的"礼物"，而浩注重的是"好品质的时间"和"身体的接触"。难怪他特别喜欢我们一起活动，不论做什么，购物、看电影、逛街，登山就更不用说了。

浩花了很多时间陪我做我想做的事，可我从没有觉得这是他爱我的方式。我为他买贵重的礼物，他也从来不领情，老说我花钱太大手，不会过日子。记得有次情人节，算是抗议，我直接告诉浩"我要玫瑰花"，最后他极不情愿地给我抱回一棵种在花盆里含苞待放的玫瑰。他说花盆里的玫瑰年年会盛开，插在花瓶里的一个礼拜就凋谢，不合算。我情愿要一大束插在花瓶里的玫瑰，哪怕一天就凋谢我也不在乎，他怎么就不懂我的心呢？

原来不是他不爱我，而是我不肯接受他爱我的方式。想到这里，我没那么火了。可是要舍下面子，向他道歉吗？明明是他错在先，我道歉是不是太掉价了？他会不会再火上浇油地来一句"你发脾气就是不对"，那我又受不了了。

"你想得太多了。"我说出声来，"道个歉，又不是上刀山下火海，做了再说吧。"

于是我下楼向浩道歉，他马上承认自己也发了脾气。一场往日会持续到天亮或者几日的冷战，这么快化解了，我看到了舍己与顺服的效果。

其实，我舍不下自己，真的是不懂彼此爱的语言吗？

不完全是。是我执着于他应该用我喜欢的方式来爱我；还有就是争强好胜，我总觉得自己是对的，就算意识到自己没理或者大家都有理，我也希望浩让我一下。

"为什么呢？"我问自己。

"我是女人，男人就应该哄着、让着女人，为女人多付出嘛。"

"真的吗？"

"是的。"

"你的证据是什么呢？"

"传统是这样啊，男人就应该呵护女人、养家糊口嘛。"

"你不是要男女平等吗？平等不仅仅是身份地位，还包括共同承担责任，为什么男人要让着女人、要多付出？"

"这……"

"你共同承担责任了吗？"

"有。我从来没有吃闲饭，自己有很好的经济收入，这减轻了浩养家的压力，不就是承担责任吗？所以才想他应该让着我。"

"他为什么要让着你？"

"因为我没有吃闲饭。"

"假如你是吃闲饭的，他就不需要让着你，是这样吗？"

"不完全是吧。"

"既然你们是平等的，他也没有吃闲饭，你是不是应该也让着他？"

"这……"

我的皮给剥光了，总算看清自己想要的男女平等，只不过是身份地位的平等。在责任面前，骨子里的我还是认为这是男人应该承担的。我没吃闲饭，是帮他分担责任，我有功，所以他应该让着我。

我如今清醒过来了，浩没有义务让着我。如果有男人愿意一生哄着、让着女人，那可真是女人的福分了。浩结婚前有这么做，现在是不会的，除非我能证明他不对。不过，家务事哪能这么容易证明谁对谁错呢？我为此不满是没理由的，不如让着他好了。

"让着他，你是不是太委屈自己了呢？"我问自己。

"不是。让，可不是委屈自己、忍气吞声。如果觉得忍气吞声，这样的让是'屈服'，不叫'顺服'了。"

"为什么呢？"

"因为让与不让，选择权在我手中，是我主动选择让。"

"有没有可能不想让，但不得不让呢？圣经不是教导妻子要'顺服'嘛。"

"让与不让，不是盲目的。如果是违背《圣经》原则、违法犯纪、有违道德的事情，不仅不能让，还要有智慧地劝服对方。其他事情上，如果不肯让，一定是因为不肯舍己。"

"不对吧，难道对方出轨，你也要让吗？"

"这已经不是让不让的问题，而是如何挽救婚姻了。出轨本身就是有违圣经准则的，婚姻是神圣的，不容玷污。"

不过，如果一味地"舍己"，万一两人分手，我的付出不是付之东流，太亏了吗？除非大家的付出是对等的。

"这么称来称去，付出对等了吗？"我问自己。

"没有。"

"付出不对等时，你的感受如何？"

"心里不平衡，借着其他事发泄对浩的不满。"

"然后呢？"

"两人都不开心。"

"想象一下，假如不去称来称去算计谁付出多谁付出少，你的感受如何？"

"不想对方的回报，付出时感受到了快乐，也不会因为对方没回报，或者没按我期望的回报而不满了。"

是啊，称来称去，也没能保证付出对等。"快乐"与"付出要对等"，哪一个更值呢？我想我已经有了答案。

18
对家人爱发脾气是为何

英国文化将大声说话视为无礼。我平常说话细声细语，但一高兴或者遇到不同意见时，不自觉地嗓门就大了。偏偏我高兴时大声，浩从不说什么。一旦意见不同，他的指控就来了，"你不应该冲我大声说话，你不应该又发脾气了。"我本来一点儿没意识到，也根本没觉得在发脾气，被他的一连串"不应该"反弄得起火了，免不了辩解，声音越辩越高。浩又会加一句："不管多有理，一抬高嗓门，你就有理变无理。"

就这样，很多时候不论事情的起因是什么，最后都落到了我的"大嗓门、坏脾气"。浩制服我的杀手锏是"还是个教练呢，连自己的情绪都控制不了"。自从信了耶稣基督，他有了更厉害的一句："还是个基督徒呢，你的上帝是这么管教你的？"

听到这句，我会闭嘴。这样的情形，就好像孩子面对父母，不愿意也得乖乖顺从。不过，我怎么会这么爱发脾

第七章 超越自我，为梦想而行动

163

气呢？

记得曾经辅导一位营销总监如何管理情绪。他告诉我他从来不会对父母、家人发脾气。我非常好奇地问他："为什么在父母家人面前能做好，在同事面前就不能呢？"

"因为父母家人对我最重要，我绝不会对我最重要的人发脾气。"

这倒提醒了我，原来我并不是对所有人都爱发脾气。对外人、对客户，用学生的话说，"您是最有耐心的老师"，发脾气记忆中好像没有过。但是，对家人我说不了几句，就不耐烦，跟着脾气也来了。难道说家人在我心中不重要吗？

不是。

"那是什么呢？"我问自己。

"我怕得罪客户而得不到认可和肯定，而家人不怕得罪，做好做坏，一个样。"

"家人不怕得罪，是真的吗？"

当然不是啦。惹浩生气，我的日子也不会好过。万一他的心伤透了，后果可想而知。《圣经》中多处提到，"宁可住旷野，不与争吵使气的妇人同住""宁可住在房顶的角上，不在宽阔的房屋，与争吵的妇人同住"（《箴言》21：19，26：24）。

"一定不能再和浩争吵。"我向自己许愿。

有这样的意识，争吵的次数就减少了。

一天晚上，我忍不住和浩分享了一个震撼而又感人的故事，说的是卢旺达作家依曼茜丽·依莉芭吉扎。1994年卢旺达种族大屠杀，还是学生的依莉芭吉扎被牧师藏在衣柜后一个密闭的洗手间。她和七个其他妇女在不到一平方米的洗手间，藏了九十一天，每一天都可能被发现。靠着持续不断的祷告，她活了下来。被救出来时，她才知道父母、两个弟弟、亲戚、同学、邻居都被杀死。她说不论你的人生经历了多么不公正的事，学习原谅，不要让你的心受伤；不要为了自己的利益而伤害人，因为你伤害人的同时，也伤害了自己。她还说……

不等我说下去，浩说："你应该原谅一个人。"一听到那个人的名字，我暴跳如雷。这段时间的好表现全毁了，我懊恼不已。

"刚才为什么又对浩发那么大的火呢？"我问自己。

根据美国心理学家阿尔波特·艾利斯的情绪治疗 ABC 法，我认为人之所以生气，根本不是因事件的本身，而是对事件的看法。这么说，"浩要我原谅那个人"，我一定是对此有什么看法才发火的。

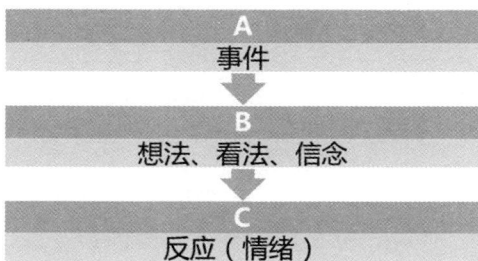

可是，这个看法是什么呢？我怎么一点儿也觉察不到呢？回想当时的情形，听到浩说"你要原谅那个人"的刹那间，我有什么样的心理活动呢？我在那一瞬间对自己说了什么呢？是的，我对自己说："浩只会责备我，认定是我的错，所以才让我原谅。"这么想的时候，我就火了。因为我什么都没有做错，浩一清二楚。他应该知道是那个人需要向我道歉，而不是我错。

"原谅等于自己有错，这是真的吗？依莉芭吉扎原谅了凶手，是因为她有错吗？"

天啊，当我开始质疑自己的想法时，这才意识到原谅并不代表我有错啊。依莉芭吉扎是无辜的，她并没有要求凶手道歉才肯原谅。对方道歉与否，这是对方的事。原谅是我的事，是为了自己的放下，与对方如何根本无关的。浩刚才一再解释，他没有责备我，也不认为我做错了什么，是我只顾生气，什么也没听进去啊。实在是冤枉浩了，唉！

这个 ABC 法好是好，不过气头上，哪里会想"我对此的看法是什么"。有没有什么办法可以在正要发脾气的当下，能控制住呢？

不能每次等到脾气发了才后悔吧。拿刀砍了人，就算说声"对不起"，伤口已经在那里了啊。英国人在控制情绪方面，不能不服。我们单位几百人的开放式办公室，人人轻声细语，明明气得要怒发冲冠，仍然能心平气和地表达愤怒。我还是去问问浩吧，没准儿他有办法。我下楼向浩道了歉，他告诉我："发怒的女人最丑。不信，发怒时，你去照照镜子就知道了。还有，你最好把你发脾气的声音录下来，自己听听吧。"

不用照镜子，我在脑海里想一下，就知道自己的脸多可怕了。还有那高八度的声音，哪像女人啊，我自己都不敢听。有办法了，下次要发火时，赶紧在脑海里想想自己丑陋的脸、听听自己不像女人的吼声。

这个方法对我很有效，因为我很在意自己的形象。当下控制住，待冷静下来，再用 ABC 情绪疗法，找出事件背后的看法，通过质疑看法是否为真，证据是什么，就能呈现真相。找到真相，情绪自然化解。

不过，这一步也只是做到了当下的控制，要是能做到提前预防，不是更好吗？

人的很多模式都是重复的，我不如收集以往浩或者别人说了哪些话、有哪些行为令我生气，然后寻找背后的看法，跟着转变看法，就能提前预防不良情绪的产生。

这些方法让我在情绪上有了很好的把控，但还是偶有发脾气的时候。教会的姐妹说，越是放不下、做不到的，上帝越会安排功课让人学。我想，家就是我修炼的道场，浩就是我成长的老师。我不知道修炼到何时才能毕业，也许永远毕不了业，但看着家一天天更和谐，再没有比这更好的奖赏了。

19

与登山，教练创奇迹

医生宣判不能跑跳

　　虽说跳到了比原单位经理还高的级别，但新工作压力大多了。顾问组多数时间需要在电话里解决下属单位的管理问题。有时，经理们暂停会议，为处理不了的问题打电话向我们求助。英国的法律法规多，而政府部门花的是纳税人的钱，纳税人盯得可紧呢。对于母语不是英语的我，这不是一般的挑战，实在不想因我，被人告我们单位歧视、不公正啦等一大堆的罪名。

　　那天下班后，像往常一样，我赶向车站。天早黑了，下着大雪，归家心切，我加快了步伐。

　　突然脚下一滑，膝盖重重地撞向了地面。只觉腿麻了一下，不想错过班车，我使劲地想快点站起来，但是左腿完全不听指挥，我站不起来了，用手一摸，软软的，不见了膝盖骨。

"腿摔断了"这个念头一闪，我瘫坐在地上，不敢再想下去。好心人叫来了救护车，我被送进医院。医生说，膝盖骨摔成了碎片，需要手术。

　　打了石膏，医生让我等候手术的通知，因为需要优先照顾老人和孩子。这一等便是五天，伤口的疼痛我能忍，最受不了的是不能去洗手间。一个病房六个人，吃喝拉撒都在床上床下。护士非常忙，按呼叫铃，要等好一阵儿才能来。同病房的两位老人，常常憋不住，尿在床上。但愿这是一场梦，我根本没有摔断腿。

　　手术后第一次见主治医师，他说："三个星期后，我希望看到你的腿能弯曲到四十五度，每个星期十五度，会有训练师协助你康复。记住，以后不能跑、跳，不能下跪。听说你喜欢登山，你要考虑培养其他爱好了。"

　　我哭出了声。

　　"你还可以走路，应该高兴才是啊。"医生诧异地望着我。

　　"我可以不跑、不跳、不跪，"我哭着说，"但是登山，是我仅有的爱好，如果连这一点乐趣也被剥夺了，生活还有什么意思呢？"

　　"对不起，她一下子接受不了，失礼了。没事儿，她会按要求训练的。"浩不想让医生难堪，忙着解释。

　　回到家，浩就批评我，"你怎么向医生发脾气呢？他只是提醒你，是一番好意啊。"

　　"我接受不了，我以为可以恢复到从前。"说着，我的眼泪又来了。

　　"医生只是告诉你最坏的情形，每一个人的情况不一样，怎么可以一概而论呢？"

"医生是专家，我不听医生的，听谁的？"

"医生并不总是对的。"浩说，"我已经在网上查了大量的资料，有个论坛，很多人分享了他们的康复故事，有些情形比你糟糕，恢复都很好。腿在你身上，你说了算。"

浩说话，怎么像教练呢。是啊，腿在我身上，当然是我说了算，这比医生的话好听多了，我很受鼓舞。

手术后医生给我戴了一个类似护膝的东西。一拆线，弯腿训练就开始了。平常弯腿，像呼吸一样来得自然。这会儿膝盖位置放了两根比手指长的大铁钉，弯曲度从零开始。每弯一度，我都疼得呲牙咧嘴。我们家的卧室又在楼上，拄着拐杖上下楼，一定要按照好腿先上、坏腿先下的顺序，训练师的口诀"好腿上天堂，坏腿下地狱"倒是帮了大忙，我没错过。几个月不能平躺着睡觉，没有一夜不被疼醒。能平躺在床上，哪儿都不疼不痛地睡觉该多舒服啊。这些我从前天天拥有的，竟然成了此刻的美梦。

六个月后，有一天训练师告诉我，"恢复得相当不错，可以弯曲到九十度，我们的训练到此结束了。"

"九十度，我根本登不了山，怎么可以停止训练呢？"我说。

"恢复到这样，你已经创了奇迹，忘记登山吧。"

没像上次那样失礼，我什么都没说，强忍着泪水走出了训练室。

"没事儿，从现在起，我就是你的训练师，保证你还能爬山。"浩说。

"到这时候了，你还有心在我身上找乐。医生说不能登山了，训练师说忘记登山吧，这么多专家都说不行了。"我还是忍不住哭了。

"我问你，你到底想不想再登山？"

"还用问嘛，这么苦的训练，我能挺下来，不就是盼着有一天还能登山吗？"

"我再问你，腿在谁的身上？"

浩是对的，腿在我身上，如果我继续练，没准儿能做到，不试怎么知道呢？教练的精神，不就是把不可能变成可能嘛。再说有浩相伴，还有什么比爱的力量更强大呢？

"嗨，你什么时候偷师学艺的？教练不错嘛，这回听你的了。"我说。

"还用偷师学艺？我天生就是教练。人才测评报告说，我天生还是领袖呢，也许我该从政的。"

"够谦虚啊……"

我笑了，浩总是有办法让我破涕为笑。他说，训练师对我的挑战不够，于是加大难度，把健身用的重量盘，一公斤、两公斤……悬挂在我竖起的脚脖上，任重量下拉。有时，他会用手猛地压一下坏腿，往往这一压，就能突破几度。能忍这样的疼痛，连我自己都不敢相信，大概是我太想登山了。记得我十几岁还会晕针，要家人陪，而且只有护士长才能给我打针。别的护士扎不进去，就算扎进去，我也常常会又呕又吐。

弯曲到一百度时，很长一段时间，没有进展。停滞不前，是最容易让人泄气的时候。如果不考虑登山，我已经可以正常行走，日常生活影响不大。不过，浩可不想让我停，能一起再登山，是我们两个人的梦想。

浩找来阿尼斯特·舍珀德的录像给我看。七十二岁的舍珀德，是全世界最老的健身者，只需看她一眼，人就充满了活力，想动起来。五十六岁才开始健身的她，每天跑十英里，然后去健身房做教练。她实现了姐姐生前的梦想——用运动的生命激励人。她说年龄只不过是一个数字，她要运动到生命的最后一刻。

舍珀德给了我坚持下去的力量。奇怪了，浩整天跟计算机打交道，就差没变成计算机，怎么会知道我什么时间要挑战、什么时间要激励？他说："父亲去世后，我就开始运动。哪个阶段是什么心理，怎么克服，都是我经历过的，我当然懂了。"

"为什么是父亲去世后，开始运动呢？"

"我父亲四十二岁去世，照遗传的说法，很可能我会像父亲一样。我不想那么早死，所以我决定多运动。那时我的朋友都笑我，这么年轻，干嘛浪费那么多时间锻炼。"

我父亲也是四十二岁去世，可这从来没有引起我对身体的重视。工作起来仍然不要命，常常饿过头，吃没吃饭也搞不清楚，熬夜更是家常便饭。到了这个单位，上司夸奖我，两个星期的在岗训练，能接手同事需要二十多年经验才能做的工作，相当不错。但我却总想做得更好，我给自己施加的压力太大了。也许这次的事故，是身体在提醒我，"不要再糟蹋我了，有一天，我会保护不了你。"可不是嘛，"人若赚得全世界，赔上自己的生命，有什么益处呢？人还能拿什么换生命呢？"（《马太福音》16：26）

九个月后，两条腿的弯曲度只相差十度，浩说我可以登山了。再一次登上了山头，一直跟在后面保护我的浩，偷偷地为我拍了一张登山的背影照。我从来没有这样从背后看自己，我的眼泪很快流下来了。从腿的弯曲度为零到再次登山，我爬的可不是一座小山啊。浩说："我为你骄傲。不用多久，我们就可以去苏格兰登山野营了。"

原来拍背影照是别有用心，又给我设定了更高的目标啊。不过，看着自己原来爬了这么高，苏格兰登山野营已经不是没有可能的事了。我又想起了巴西同学的那句话："人要常回头看看，只顾往前走，有时会忘记走了多远，忘记给自己应有的肯定。"

在肯定自己的同时，我又想到了浩。如果没有他，我断然不会质疑医生和训练师，从此会与登山无缘。《圣经》上说："两个人总比一个人好，因为二人劳碌同得美好的效果。若是跌倒，这人可以扶起他的同伴；若是孤身跌倒，没有别人扶起他来，这人就是有祸了。"（《传道书》4：9-10）浩不仅仅是把我扶起来，而是带我创造了奇迹。

"为什么浩能带你创造奇迹呢？这次的奇迹经验，能否运用到其他方面，再创奇迹呢？"我问自己。

20 挑战与教练六步曲 奇迹的背后：

奇迹的第一步，看似源于浩对医生、训练师诊断的质疑，其实在于我的选择。我可以选择听医生和训练师而不听浩的。那么，为什么我最终会听浩而不是专家的意见呢？因为我要登山，更确切点儿，是我和浩要登山。

这便是梦想的力量，我想。难怪教练的第一课是"梦想"，教练要以目标结果为导向。

"为什么一定是登山呢？难道没有可以替代的吗？"我又问自己。

我和浩因为登山而走到一起。登山于我们，已经不单单是锻炼身体，而是相互支持征服一座座山头，让我们彼此更加欣赏对方，心靠得更近。整天围着柴米油盐转的日子，少不了对彼此的不满，而登山，是我们化解不满的良药，是维系我们亲密关系的纽带。

所以，不是随便什么都可以替代的。梦想如果可以随便替代，就不是真正的梦想，这也许就是有些人遇到困难就放弃梦想的原因吧。知道"想要什么"是不够的，"为什么想要——目的和意义"才是实现梦想的原动力。

"就算有梦想，如果不相信自己有能力实现，是不可能忍受这样的痛苦坚持训练的，不是吗？"

是的。有信心，这是浩的功劳。他找了大量成功康复的案例，这让我信心大增。还有我的同事也是膝盖受伤，但康复后仍继续踢足球，五十多岁能做到，我才三十多岁，更有希望。

"假如没有这些成功案例，你会有信心吗？"

就算没有成功案例，我也要试一下，因为实在不肯放弃登山，这还是源于梦想的力量吧。再说，不试怎么知道呢？开始，我并不是信心十足，不过，看见自己不断进步，信心自然就大了。所以，不需要有百分百的信心才可以出发，信心会在做的过程中累积。当然，要坚持下来，一定需要足够的信心。

"最难坚持的是什么时间呢？"

最困难的是腿弯曲到九十度，正常生活不受影响而没有新进展时，我很多次想放弃的。

"是什么令你坚持下来了呢？"

是浩，不管我多么不相信自己，他对我的信心都从未动摇。有些人哪怕全世界都不相信他们，也不会失去对自己的信心。而我是常常怀疑自己的，所以浩这么相信我，重要极了。而且他挑战我，"哪怕从来没人做到过，也不代表你做不到。"是啊，全世界都没有舍珀德这么老的健身者，她是没有标杆的，但她让自己成为了标杆。七十多岁可以拥有那么健美的体魄，我觉得自己这么年轻，为什么不试一下？没准儿，我也可以成为标杆。

所以，有些人可以靠自己坚持下来，实现梦想；有些人，特别是面对巨大的挑战时，的确需要一位相信自己的好教练。当然，要创造奇迹，需要一位敢于挑战自己的教练。

回想我的教练历程，我对人的挑战是不够的。为什么呢？

走到笼外是很辛苦的，我怕人承受不起。再说，也是有风险的，特别是对一些已经拥有财富、名誉和地位之人。就算他们还有再创造的激情，就算他们渴望有人在背后推一把，就算结果如何不是我的责任。但是，如果他们失去了原本拥有的，我一定会自责不已。

其实，我常常是含着泪训练的。因为两根大铁钉在膝盖，让腿弯曲到九十度以上，那种疼痛，如果不是有强烈的愿望要登山，像我这么一个连打针都怕疼的人，是不可能忍下来的。所以一个人的承受度有多大，不是教练决定的，而是人有多强的愿望实现梦想。作为教练，因为担心，为了避免自责，我不敢挑战，也让一些人失去了走到笼外，也许可以成为标杆，为行业、为社会创造更大价值的机会。

"如果你去挑战别人，是不是所有人都愿意被挑战呢？"

不一定。有些人不喜欢变化，甘愿留在自己的舒适地带，这样的人通常会抗拒挑战。不过话又说回来，抗拒挑战不等于人生没有挑战。我们在一天天变老，这个变化谁都阻止不了，而这个变老的过程挑战不小，要不怎会有中年危机、老年危机呢。再说技术的进步，我们的生活方式、工作方式在不断发生变化，不管人愿不愿意，都要面对变化的挑战。

"那么，有没有可能挑战过头呢？"

有。挑战不能完全脱离个人的实际情况，需有一个循序渐进的过程。不翻过小山头，怎么可能翻越大山头呢？浩对我有这样的信心，是因为他了解我过去所经历的磨难，而且他全程跟进了康复训练师对我的训练，也分析了大量有关腿康复的训练方法，他是有一定把握的。

而我在工作上，显然对自己挑战过头了。我们的政府部门，下面管辖学校、环保、工程、成人与社区、儿童与青少年教育等六大块，每一块都有各自不同的人力资源管理体系，我要求自己在几星期内做到和在那里工作了二十多年的顾问一样，是不切实际的。这样的挑战令我处于巨大的压力之下，出事故不是偶然的。

"你不怕挑战吗？挑战意味着踏入未知，意味着改变，有种失控的感觉。"

怕不怕，还是取决于我对梦想有多强烈的愿望。如果非做不可，就算怕，也会行动。人生充满了未知，我们不可能控制一切。很简单，明天会发生什么？除非有特异功能，没人能准确预知，这不就是失控吗？一定程度的失控本是人生的常态。人天生有好奇心，那种一切都在控制之中、一眼望到死的日子，没有多少人可以忍受的。不说别的，想想看，每天从早到晚，吃一样的饭菜，会是什么感觉？

所以，人害怕改变，但又需要变化。当然，放弃自己原本可以控制的，这样的失控才是可怕的，活在笼中就是代价。挑战，表面看来是失控了，实际上是拿回更大的控制权。比如我的腿伤，受伤是被动的，但通过训练我证明了"腿是我的，我说了算"。

"挑战有可能会失败，你是如何克服失败的恐惧的呢？"

不以结果论成败，毕竟谋事在人、成事在天。以我的康复为例，没错，登山是我们两人的梦想。但很有可能，不论我们如何努力，最终我还是不能登山。但是我们敢于挑战自己去试，就已经是胜利者，根本不存在失败。这样，不论是浩，还是我，没有压力。压力对我的康复是非常不利的。

相反，我给自己设定的工作挑战，是以结果——能否和老同事做得一样好论成败。尽管上司很认可我的工作，但我看到的只有和同事的差距。我天天对自己不满意，越不满意，越害怕，怕做不好被人笑话，怕保不住职位，最后付上了身体的代价。

所以，挑战是发现潜能、自我实现的过程。挑战自我的人，是勇士，是胜利者，不论结果如何！

"创造奇迹，是不是挑战就足够了呢？"

不是。敢于挑战自我的力量来自哪里？梦想。奇迹的产生来自这幅图。

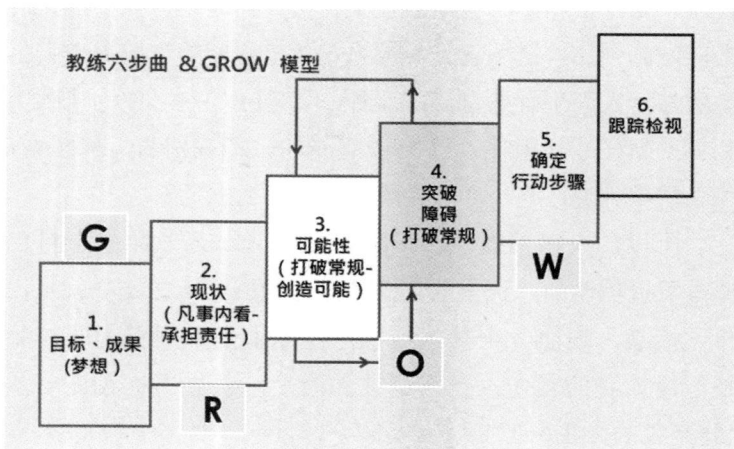

教练六步曲 & GROW 模型

G
1. 目标、成果（梦想）

R
2. 现状（凡事内看-承担责任）

3. 可能性（打破常规-创造可能）

O

4. 突破障碍（打破常规）

W

5. 确定行动步骤

6. 跟踪检视

浩虽然没有受过教练的训练，但他无意识地遵循了教练地图——GROW 模型，甚至在此基础上更完善了一步：跟踪检视。这和乔娜教练所教的吻合，我把它提炼为"教练六步曲"。

　　除了"登山的梦想"从来没有改变之外，"训练计划——行动的步骤"是不断调整的。因为障碍层出不穷，哪些是对我有效的？不同阶段，什么训练才更有效果？还有身体的状况常常不同，这些外在障碍并不难克服。最难的是"坚持"与"放弃"的心理战。所以这六步不是走一遍，而是走了很多遍，也不总是按 1-6 的顺序走。

　　训练方法固然重要，若没有信心，根本不可能坚持。信心是坚持的秘诀。而浩的"跟踪检视"，与我从前只看差距、不看进展的检视非常不同。他会定期量我腿的弯曲度，告诉我还差多少的同时，更让我清楚地看到自己的进步，实实在在的结果给了我源源不断的信心。特别是登山的背影照，我更直观地看到了自己的成果，所以对于"去苏格兰登山野营"这个更大的挑战，我相信是有可能的。相比之下，我只看差距不看进步的"检视"，带来的只是压力，压力最终化成了阻力。

　　"教练的六步曲，除了身体的康复，可以用在其他梦想的实现上吗？"

　　当然可以，正如教练应用在人生的各方各面一样，六步曲能更有效地发挥教练的作用，让梦想的实现更有可能。其实，不只是教练，问题的解决，甚至我们的人生，又何尝不是这六步曲呢？

境界是『舍己』的爱

人士：教练的最高

辅导英国最底层

因为腿伤，顾问组工作的压力不利于我的康复。合同到期后，我申请调到了人力资源部的社区项目组。

接手东区的时候，没人愿意去。一是经济落后区，难有成果；二是要常出差。东区农场多山多，坐在火车上看风景，我反而觉得是美差。

我辅导的这群人有监狱、戒毒所出来的，有单亲妈妈，有残疾人士，还有战争归来的。有一部分人，想来就来，不想来时，任你打电话、发信息不接，甚至换手机玩人间蒸发。约好的面谈，我赶一个多小时的火车，他们却来电要改时间，这还算好的，有些干脆不露面。对这样一群人，教练哪有用武之地，我又一次失去了平衡。

有次和同事依莲一同出差。因为有辆车撞到了铁路桥，工程师需要检查桥的安全性才能通火车，所以我们的火车晚点了。我和依莲办完事，在站台上聊起各自的故事。依莲有着影星玛丽莲·梦露的美貌，个性随和，风趣幽默，善解人意，实在是人见人爱，我总觉得她应该是一个电影明星。依莲告诉我，从艺术学院毕业后，她申请做义工，打算体验一下生活，然后再决定想做什么。后来她被安排到伦敦的一个难民营工作了两年。没想到那两年的所见所闻彻底改变了她，她说她学会了理解、宽容和体谅，也找到了未来的方向。也许这也是我要从这份工作中学习的。

这时，我遇到了安迪（化名）。

安迪五十多岁，是从海湾战争回来的。他患有狂躁抑郁症，情绪依赖药物的控制。安迪在看心理医师，到我的团队时，状况已经稳定。

面试安迪的时候，我的印象并不好，差点不肯辅导他。记得话说到兴奋处，他的双手撑在桌上，咄咄逼人地盯着我，几次我都差点按面试台右侧的警铃，呼叫保安救我。

面试完，我吓了一跳。安迪到底是个患者啊，万一发病伤害我呢？辅导他是不是太危险了？我可以拒绝的，可是为什么没有呢？

是他那渴望机会的眼神，让我想起了当初的自己。初来英国时我多渴望有人相信我，给我一个机会啊。安迪肯白干活来证明自己，我愿意相信他一回，哪怕这可能带给我莫大的风险。

我安排安迪到合作单位一个大型购物中心的管理部门锻炼，协助总经理做一些他擅长的统计工作，但这需有赖于他能否通过面试。安迪表现不错，面试的最后，总经理提到他的病情，问他是否需要其他特殊的安排。不料安迪马上变脸，情绪非常激动，责备我不该把他的病情告诉总经理。我明明口头征求过他的意见，不知道他是忘了还是……为了替他争取到这个机会，我告诉总经理这是我的疏忽。跟着我向安迪解释，总经理需要知道才能给他特殊照顾，他这才作罢。

通情达理的总经理最后把机会给了安迪，他兴奋得像孩子一样跳起来，我的心可一点儿也不兴奋。

这个购物中心有个街心花园，我买好三明治和炸薯条，坐在长椅上吃午餐。太阳暖暖的，可我无心享受，怎么都放不下安迪刚才责备我的一幕。心想为他争取这个机会，我肩上承受着多大的风险？万一他发病，惹出什么事儿就是我的责任啊。想不到他居然当着总经理的面责备我，而我还得委屈自己来维护他。要知道我的工作一向高标准，根本不会有疏忽。唉，我何苦呢？我的脸一定因生气而够吓人的，要不，其他长椅上挤满了人，唯独我的椅子没人来。

只有一群鸽子不怕我，为了抢我掉在地上的面包渣儿，它们你争我抢。等到蚂蚁大的渣儿都找不到时，它们齐齐围着我，那眼神，那渴求的眼神……

"噢，不要这样看着我，我受不了！"

扭转头，我假装望向别处，再回头，它们还在这里。还是那渴求的眼神，那分明就是安迪看我的眼神……我投降了，索性把剩下的炸薯条全部倒在地上。

它们跳来跳去，有一个蹲在我的脚上吃大餐。安迪刚才不也是开心到跳起来吗？把安迪想成鸽子，我忍不住笑出了声。

是啊，安迪是患者，我怎么可以和患者斤斤计较呢？如果把这群人当作患者，不，他们本来就是患者，带着身体的、心灵的创伤。这么一想，我的心不再纠结了。

尼克拉（化名）二十出头，来面试时，带着四岁的女儿。

"面试不能带孩子，你是知道的。"我说。

"学校放假，我没钱请人给我代看，本来跟朋友说好今天帮我一下，不巧朋友病了。"

"我们改时间吧。"

"不，我可以面试，给我一个机会。"

"孩子怎么办呢？"

"我带了纸和笔，让她画画就安静了。"

母亲和孩子坐在我面前，这样的面试还是头一回。四岁的孩子，哪能静静地坐着。没一会儿她的身子就扭来扭去，很不舒服的样子。又一会儿，小家伙已经钻到桌子下面。真是苦了孩子，待在这么大的办公室，看着上百个大人不知道在忙什么，一定是不好玩的。我只想快点结束面试，然而孩子比我快，眨眼功夫，桌子下面不见人了。我赶紧叫来保安，大家分头寻找。

孩子很快找到了，我总算松了口气。为了孩子，我没再面试下去。可是，尼克拉没有工作，作为一个单亲妈妈，她的女儿将来会是什么样呢？于是我又替这个孩子感到担心。我不知道尼克拉怎么会落到这种地步，但她需要一个机会走出来，哪怕为了孩子。也许我能做点什么，对，我可以给她一个机会。

也许我辅导的这些人，都需要一个机会，问题是我没那么多工作机会啊。我还能为他们做什么呢？至少我可以给他们一个被我接纳和信任的机会。如果没人接纳，他们不是更加自暴自弃吗？母亲自暴自弃了，孩子又会好到哪里去呢？可是，明明我就是不喜欢他们，又怎么接纳呢？记得学教练课时问过导师，她说要信守"爱人如己"与"信任"的总原则。

像爱自己一样爱别人吗？这个别人不是我的爱人、孩子、父母以及亲朋好友，而是一群不是因为工作、我根本不想扯上关系的人。这个挑战可不小，不过又一想，如果这样的人我也能辅导，以后恐怕没有我不能辅导的人了。

有些人仍然不回复信息，不接听电话，说了不去做。付出得不到回报，我还是会失落。想想看，本来没人接纳他们，我这么付出爱心，他们应该感恩才是啊。我不可能爱木头吧？谁说不可以呢？《圣经》上不是说："你们听见有话说：'当爱你的邻居，恨你的仇敌。'只是我告诉你们，要爱你们的仇敌，为那逼迫你们的祷告……"（《马太福音》5:43-44）。他们不过是不符合我的标准，不听我的话，不是仇敌呀。反而是我，付出总想有回报。

不再考虑能否得到认同，我发现更能为他们着想了。得到认同是额外的礼物，我当然是开心的。失落感有时还会有，但不会持续，甚至越来越弱几乎意识不到，我慢慢地习惯了。也许，过去的创伤让他们失去了爱的感觉，没人生来是这么冷漠的。这么想的时候，我更愿意为他们付出。哪怕今天没效果，也许有一天再想起，种子已经播下了。当然，这不代表我没有底线。

有天早上，不顾地上厚厚的积雪，不顾腿伤还没有康复，我六点半就出门赶火车，因为有一个面试。经理们都很忙，安排大家凑在一起真不容易，实在不想因为自己又改时间。我刚下火车，要被面试的年轻人来电，说不能来。这已经是他第三次干这样的事了，我不客气地告诉他，我相信你能改变现状，所以我给了你一次又一次的机会，但是，是你不肯给自己一个机会。从现在起，我不再辅导你，你可以去投诉我，但我认为"我的时间值得被人尊重，我应该把机会留给需要的人"！

回到办公室，和同事说起，他们大吃一惊，不敢相信我这么有耐心的人，会做出这样的决定。是的，我意识到，当一个人不肯给自己机会的时候，教练什么都做不了。有的时候，放弃也是一种爱，也许失去了，人会醒过来。

回想这些年，我一直追求教练技法的提升，怎么问、怎么听、怎么给回应、怎么分析一个人等等，但辅导这样一群我不喜欢的人，才发现没有爱，技法毫无用武之地。"舍己"的爱，不只是幸福家庭的秘诀，也是做教练的最高境界啊。我想，"教练不单单是镜子、指南针、催化剂，更是爱的使者——播种爱、传播爱"。

22 还是母亲原谅我
原谅母亲,

　　得知母亲脑出血住院,我的膝盖刚做完第二次手术。恨不能马上回国,但拄着拐杖的身体却不允许。真是一波未平、一波又起,生活似乎不给我喘息的机会。若是从前,我免不了哀叹命苦,但这一次却不同,我马上和康复训练师制订计划,争取在最短的时间内可以安全回国。看来,"我生了个倒霉命"的标签已经彻底撕掉,而教练的"创造可能"的思维再一次发挥了作用。

　　家人提醒我,母亲已脱离危险期,但是过去的事几乎忘光,智商像几岁的孩子。

　　儿子几岁时的样子,我记得清清楚楚。这是不是意味着我要像对孩子一样,和母亲说话?可是,我怎能像对孩子一样,对母亲呢?

　　"有本书上说,多和父母聊聊,听听他们童年的经历,就会明白父母所做的很多事了。我一直忙,一直等着'有一天',现在母亲把过去的事都忘了吗？"

母亲年轻的时候在乡下做老师，生我的那天早上还在讲课。后来随父亲支援三线建设，因为学历不够，不能再做老师，不得不在工厂干各样的杂活儿。"不知道母亲当年会不会很委屈呢？有没有后悔放弃了她的教书生涯？"这些问题我一直憋在肚里，想问又不敢问，现在看来是没有机会了。

我又想起了那一次为弟弟和母亲吵起来的事情。

我和弟弟从小都很任性。但是我学习好，那个年代，只要学习好，就一好遮百丑。倒霉的是弟弟，他聪明又贪玩，别人除了摇头叹气责备他不懂事之外，看不到他身上的优点。也许是因为活在我的影子里，弟弟变得叛逆。我看不惯弟弟，也会埋怨母亲对弟弟的溺爱。这个观念到我做了教练之后仍然没有转变。

有一天，为弟弟的事，母亲又来找我。弟弟做事一意孤行，每次闯祸母亲都在后面收拾残局。我觉得母亲的做法是害弟弟，不免又给母亲上教育课，说弟弟该为自己的人生负责。没说两句，母亲就冲我发火，怪我不肯帮弟弟。我也火了，憋了多年的话冲口而出，"都是您从小惯着我们，看看长大后我们走了多少弯路！现在弟弟已经成家，您还是这么惯他！"

母亲沉默了好一会儿，叹口气说："唉，娃啊，你咋知道，我三岁不到就要照看你舅舅，不小心摔倒就挨打。一点没做好，你外婆打啊骂啊，后来我发誓，'将来我有孩子，一定不打不骂。'"

我仿佛看见三岁的母亲，惊恐地抱住头，任外婆的棍子一下下地抽，无力躲闪，不敢哭喊。我真想把母亲抱在怀中，替她挡住棍子，告诉她"不用怕"；我更想跪在母亲面前，打自己几巴掌。可放不下面子的我，除了内心的自责，什么都没有做。我总是说等"有一天"吧。现在，母亲还能明白吗？

回国陪在母亲身边近两个月，和她谈起过去的事，她不记得，我不知道怎么开口请求原谅了。也许还是不肯放下面子，我想。

母亲还是母亲，但从来没有的陌生感隔在了我们中间。但愿这是一场梦，母亲没有生病，正唠叨来唠叨去、担心完这个又担心那个。可是我再也听不到母亲的唠叨了，她总是静静地坐在那里。弟弟安慰我说："也好，妈一辈子操不完的心，这下她能过几天安心的日子了。"是啊，我曾无数次地告诉母亲："我们已经长大，您不用操心了。"现在母亲做到了，我却感觉失去了母亲的爱，反而想念她的唠叨。

然后我变成了唠叨的女儿。我怕她不记得吃药，怕她吃了药忘了又再吃，怕她进厨房打开燃气灶而忘了熄火，怕她跌倒，怕她又发病……我叮咛又叮咛，不可以做这，不可以做那。母亲静静地听着，一遍又一遍，然后告诉我"这次记住了"。完全不像我过去，只要一听母亲唠叨，我就用那句"哎呀，我知道了"打断她。不知道母亲听我小时候这么说，长大后继续这么说，心里是什么滋味呢？记忆中母亲从来没有为此责骂过我。倒是我现在对母亲不听我的越来越不耐烦。

母亲总要按自己的心意行事，根本不理会我和弟弟的一番苦心，我的怨言越积越多。有时候赌气，我会对自己说："随她吧，我该说的话已说，她不听是她的事，我的责任已经尽到了。"可是，她是我的母亲啊，如果我知道不好却不拦住她，万一出了什么事，后悔就来不及了。就这样，我继续我的唠叨，母亲一边答应我，一边继续按她的一套做，我强压着心中的怨气与怒火。

一位朋友趁我探亲时来看母亲。朋友什么也没说，大半年过去了，因为其他的事，才提到我对母亲态度很不好，这话让我不舒服地想了好几个月。

明明我一直在做孝顺的女儿，明明我做教练懂这么多说话的艺术，怎么会对母亲这样缺乏耐心呢？

"我是为她好，她就应该听我的。"我对自己说。

"谁规定'你为她好，她就该听你的'？"

"我。"

"有没有可能你觉得是为她好，她并不这么想？"

"有可能。"

"你觉得是为她好，可是她不认同也要接受吗？"

"不一定。"

"如果你真的是为母亲好，是不是应该尊重母亲的想法和决定呢？"

"是的。"

"如果母亲不听你的，你就不高兴，你的出发点是自己还是母亲？"

"自己。"

从小到大，不论我怎样使性子、发脾气，母亲从来没有打我骂我，更没有因为我不听话而给我吃差点、穿烂点。印象中，就算穷，母亲也总是变着花样为我们做点好吃的，哪怕是改的旧衣服，都要在领口和袖子上绣上花，让我穿得漂亮点儿。母亲用她的爱包容、接纳了我的一切啊。导师曾说："父母给了孩子他们能力范围内最好的，不管父母做的方式如何不好，出发点都是为了爱孩子，所以要原谅父母。"我曾经为自己的种种不幸心里埋怨母亲，也以为"原谅了母亲"，自己够宽容。想不到，自己的言行不知道多少次地伤了母亲的心？真正要请求原谅的是我啊。

我还是说不出口"对不起"，但我放下了自己的执着，也说服弟弟尽量遂母亲的心愿。作为儿女，我们认为能让母亲开心的事，她不一定觉得开心，所以我们最后选择"听她说"，一切"只要母亲开心就好"。

放下，并不是容易的，特别是母亲做得太不合我的心意时。但是，听着母亲说话越来越有力气，时不时发出笑声，我放心了。当我能接纳母亲的一切时，这才感觉到自己对母亲的爱，超越了做女儿责任般的爱。这种爱，不是上课学来的。爱学不来，它就在心里。第一次，不是为了说给人听，而是发自内心地感受到"我的母亲是这么的伟大，做她的女儿，是我一生的福气"。

有一次母亲问："你学习忙不忙？"愣了一下，我才反应过来，母亲应该指我的工作。

"忙。"我说。

"你学习别太累，要吃好。"

这些我以前嫌母亲唠叨听着没感觉的话，再次听到，我觉得喉咙像是有东西卡住，说不出话来，鼻子一酸，眼泪又来了。母亲永远是母亲，病魔可以夺去她的记忆，但夺不走她对孩子的爱。

"趁还来得及，我要对母亲说声'对不起'。"我向自己许愿。

婆媳难相处，怎么办

　　同学小敏（化名）找我，我有些吃惊，因为一起读书时我们聊得很少。原来为"春节回婆家过年"，小敏和先生吵架了。可能憋得太久，她一股脑把事情的来龙去脉全倒给了我：年年都要去婆家过年。父母就自己一个女儿，一想起父母大过年的冷冷清清，她心里就难过。这次，反正婆婆过完年就要来带孙子，于是就和老公商量好先去父母家过年，然后再去接婆婆。谁知婆婆怎么都不肯，说什么回婆家过年，这是乡下的规矩不能破。老公也是独生子，又是个孝子，被婆婆这么一说，就变计划了。这样一来，他们就要先回婆家过年，然后去看小敏的父母，再回来接婆婆。一南一北一中，三个城市间兜圈子，耗时不说，花费也更大。

　　"你这会儿想咋办？"我问。

　　"我想看你有什么高招，教教我怎么跟婆婆相处。因为不光是回婆家过年的问题，年后婆婆就要来和我们同住，帮忙带孩子，这处在一起的日子还长着呢。我不想老公为难，但老是委屈自己，心里憋得太难受了。"

"看得出，这会儿你还在气头上。不如这样，我倒是有一招儿，叫'第三方换位思考法'。要不试一下，如果有用，我教你，以后你自己就会用了。咋样？"

小敏一听有新招，满口答应了。

"听好了，你要扮演三个角色，演一出独幕剧。这三个角色一个是你自己，一个是你婆婆，一个是旁观者（可以是一个不认识的过路人）。我的角色就是给你指示，什么时间你该演哪个角色了。这些你能做到吗？"

小敏噗嗤一声笑了，问："你这是搞什么鬼把戏？该不会是捉弄我，拿我穷开心吧？"

"你看我像不像在你气鼓鼓的时候捉弄你的人？"

于是我在地上用纸条摆了三个位置，如图所示。

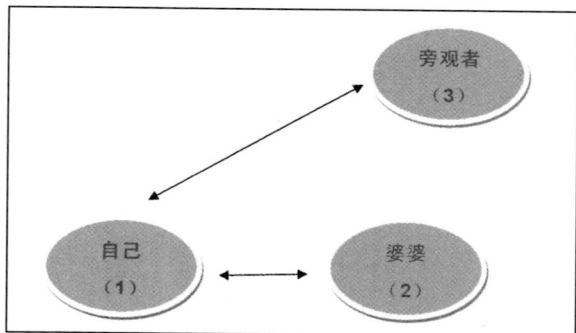

"第一位是你自己，第二位是你婆婆，第三位是旁观者（过路人）。"我说，"原理像我们常说的换位思考，但又不同。我们所理解的换位思考，通常是指站在对方的角度（换到第二位）就行了，而这里增加了第三位的思考。"

"为什么需要第三位的思考呢？"小敏问。

"更客观。"我说，"当人有情绪时，很难真正站在对方的角度（第二位）思考，反而容易站到第三位。所谓旁观者清，这就是我教你这个新招厉害的地方。你准备好的话，就可以站到第一位，做你自己。"

小敏站到了第一位。

"现在请你想象一下，"我说，"你的婆婆就站在你的对面，把你平常憋在心里又不敢对她说的话告诉她吧。"

"面对她，我说不出口。"

"面对她，你有什么感受？留意观察你的身体反应以及任何情绪的变化。"

"不自在，心里不舒服，憋得难受。"

"现在请你走出你的位置，活动一下手脚，深呼吸，吐气。走出刚才的情绪没有？"

"我没事儿，可以继续。"小敏说。

"现在你要开始扮演婆婆的角色了。"我说，"当你走进第二方位置的时候，你就是婆婆。她平时在你面前怎么站，手脚怎么摆放，用什么眼神看你，脸上的表情是什么样的，对你说话什么语气，声音高低，说话快慢，你要一一照做。"

确认小敏已经进入婆婆的角色后，我问："像我这个年龄的人，怎么称呼您？"

"阿婆。"

"阿婆，小敏有很多话想对您说，但说不出口，憋得心慌。她这会儿站在您对面，您想对她说些什么呢？"

"有啥说不出口的呢？回婆家过年，这是我们乡下的老规矩，不能破。"

"现在请你走出婆婆的位置。活动一下手脚，深呼吸，吐气。"我说，"当你准备好的时候，请走进第三方——旁观者的角色。他根本不认识你和婆婆，只是路过听到了你们的对话。"

等小敏站在旁观者的位置，我问："你刚才听到了小敏和婆婆的对话，你会给小敏什么建议呢？"

"习俗嘛，现在是新时代，又都是独生子女，和老人好好商量个两全的办法。不过，年轻人见多识广，度量要大一些，总不能要求老人为晚辈而改变吧。"

我引导小敏在这三个位置上走了两个回合，最后她问："我想通了，就是不知道真的面对婆婆时，会不会又回到老样子？"

"这还不简单，"我说，"出现状况的时候，照我教你的方法，自我引导来做这个练习。"

"那你快给我再说一遍，我刚才只顾着跟着你走，没留意步骤。"

"我们一起来总结回顾，这样加深你的记忆。"

第一步：在地上按演示图摆好三个位置。

第二步：走入第一位（小敏），想象婆婆就在眼前，把对婆婆想说的话，特别是面对面说不出口的都说出来。如果情绪大，一下子什么都说不出来，留意自己的感受，然后走出第一位。

第三步：走入第二位（婆婆）。可以通过询问：你叫什么名字？你平常站着的时候，手怎么放的？眼睛朝哪儿看？脸上表情是怎样的？说话语气如何？声音高低快慢？这一系列的问题都是为了能够真正走入婆婆的角色。进入角色之后，开始重复一遍刚才站在第一位时小敏说的话，然后问婆婆：您的儿媳小敏就站在您面前，您听了她说的话，想对她说些什么呢？说完之后，走出婆婆的位置，调整自己的状态。

第四步：走进第三位（旁观者），重复一遍之前小敏以及婆婆的对话，然后问：你听了他们的对话，有什么建议给小敏呢？说完建议后，走出旁观者的位置。

第五步：调整状态回到第一位，再问一遍：刚才听了婆婆的话，还有旁观者的建议，此刻婆婆站在你面前，你有什么话对她说？或者有什么感受？如果走到这一步，之前的困惑已经解决，就结束。如果没有，继续刚才的步骤，直到问题解决。

留意：进入相应角色非常关键。如果在某一个角色没话说，不要强迫，走出来，进入下一个角色。

"这个练习不光是用在跟婆婆的关系上，"我说，"也可以是任何一种你觉得需要处理的关系，比如跟先生、孩子、亲戚、父母、同事、上司、自己等等；甚至对一个很重要的会议、谈判，为了把握对方的心理而提前做好充分的准备，都可以用。学会了吗？"

"懂了，就是要亲自操练一下，才能知道究竟会不会。"

我告诉小敏，方法只是方法，不论是婆媳还是夫妻关系，是有一些准则需要遵循的。丈夫要舍己，妻子要顺服，当婆媳、夫妻之间遇到二选一的难题时，应当先考虑夫妻关系。

为什么呢？

父母不可能陪我们一生，孩子长大了也会离开我们。《圣经》上也多处提到"人要离开父母，与妻子连合，二人成为一体"。

"一体"是什么意思呢？

就是"不可分割"了。"既然如此，夫妻不再是两个人，乃是一体的了……"（《马太福音》19：6）

这并不是说婆媳之间有问题，妻子永远是对的。但是做丈夫的，如果认为父母永远是对的，不敢违抗父母不合理的要求和行为，只会令婆媳关系更复杂。

"这下我可有理跟老公讲了。"小敏说。

"不是讲理，从此老公就得听自己的，做妻子的要把握顺服的原则。"我说，"孝顺父母是天经地义的，但孝顺，不等于牺牲夫妻关系而顺服于父母不合理的要求和行为。父母希望儿女家庭幸福，儿女也希望父母开心，所以多换位，替对方多想想，婆媳关系并没有那么复杂。"

24 苏格兰野营：当下的幸福是什么

在浩的训练下，他终于认为我可以去苏格兰野营了。这一次，我也有最少十公斤的行李背在肩上。听起来这不算什么，但每天翻山越岭，可就不轻松了。

第一天晚上，浩没有按我的意思在大树底下安营，而是选择了树林边缘的一片空地。他说靠近树，万一树枝掉下来会砸伤人，他到底有经验。这是我第一次野营，既兴奋又紧张。会不会有蛇？会不会有狼？会不会有野猪？浩说最多会有鹿，拱几下帐篷。他说得那么轻松，我还是担心。万一帐篷拱倒了，鹿踩到身上怎么办？还有对面地里的牛，会不会也来凑热闹呢？浩被我问得烦了，说："放心，好好享受你的第一次吧，晚安。"说完，背转身，睡了。我却太清醒啦，一点点响动，就在想那是什么东西的脚步，在哪个方位。唉，睡在家里的床上多安全舒服啊。

"可是，已经睡在了荒山野岭，担心有用吗？"我问自己。

"没用。"

"那就睡吧，不睡觉不行。"我对自己说，然后开始数小羊。

被牛的叫声吵醒的时候，天已经亮了。原来睡帐篷，没那么可怕嘛。太阳正躲在云后，趁着凉爽，我们匆匆吃完早点，和牛告别，上路了。

苏格兰南部高地线全长约三百四十一公里，是登山野营者体力和耐力的考验。我们这一次的行程是四天三夜。第一天一切按计划，很是顺利。第二天，等待我们的却是苏格兰出了名的野蚊子，没有带防蚊霜，我们失算了。不过，野蚊子通常在八月份开始出来活动，现在才六月啊。看来不论计划多周详，总有想不到的。

太阳升得老高，万里无云，我们头顶着一团野蚊子组成的乌云。我们走，它们走，大家和平共处、相安无事。我们停，它们停，然后向我们发动最疯狂的袭击。原来野蚊子怕风，只要不停地走，它们就拿我们没办法。可是，我们不休息不行啊。针尖大的小虫子，咬到身上奇痒无比，很快我和浩的脖子上就布满了红点。

到了计划的安营点，才发现已经撤掉了。这本来是专门为登山野营者提供的落脚点，有地方洗澡，还有商店可以买东西。计划泡汤，疲劳顿时占了上风。我们可以准备得再充分点儿，不过这会儿后悔可没用，最要紧的是在天黑前找到安营的地方。

天色渐暗，找不到平坦一点的地方，我们只好在河岸安营，野蚊子更多。浩搭帐篷，我紧跟着他，不停手地挥动衣服为他赶蚊子。只要一停手，蚊子就会千军万马围上来。

"我就不信打不过你们！"我奋力舞动双臂，口中念念有词，突然想起了外婆赶鬼，我大概就是那个样子，浩笑死了。

外面是野蚊子的天下，我们只得挤在帐篷里吃了点东西，用湿毛巾擦了擦身，还是黏黏的，就躺下了。要不是天黑，不知道河水深浅，我真想跳进河里洗个澡。要是有个花洒，从头上淋下来，那才叫享受啊。在家可是天天有花洒的，怎么就没感觉呢？

浩背着几十公斤的行李，比我累多了，很快进入了梦乡。我还是太清醒啦，睡不着倒是想起了很多往事。记得那一年的秋季，我缠着浩去摘野山楂。英国的山楂，只有手指头那么大，又苦又涩。我们加了很多糖，经过多次的试验，做成了山楂皮和山楂酱。自己做的，就是好吃，免不了贪嘴。几个星期后，我告诉浩，"最近老是感觉心跳快，不知道为什么。"

"我也是，奇怪了。"浩说。

"会不会是山楂？中国的山楂有开胃、活血的作用，会不会野山楂更厉害？"

浩赶紧去翻他的植物书，果真如此。我们不敢天天吃了，症状很快消失，而这也成了我们的笑谈。

我想起了那一次摸黑下山，我被草坑绊倒在地。浩听见"嗵"的一声，一回头见我扑倒在草丛里，一个急转身奔过来，我大笑，索性赖在地上等他扶我起来。

我又想起了大半夜去河边钓鱼，闭不了嘴的我，害得浩一条鱼也没钓上，空手而归……

这些往事，当时并没有觉得如何，这会儿想起来，心里却美滋滋的。也许某一天，回忆今夜，也会如此吧。不过，在回忆里找幸福有什么用呢？过去已经成为过去，我要当下的幸福。

"当下的幸福是什么呢？"我问自己。

人说幸福就是一种快乐的感觉。嗯，在这荒无人烟的山岭，在这不知名的河岸，在这狭小的帐篷里，我背靠着浩，心暖暖的，不再惧怕，这大概就是幸福吧。导师说，快乐是一种选择，取决于里面，与外面无关。是不是有一颗幸福的心，在哪儿都幸福呢？记得有一次冥想课，我想象自己在林间散步，听着小鸟的歌声，我的心也唱起了歌。接着我又想象自己住在一个到处漏雨的破屋，听着雨滴到盆里、碗里的滴答声，我的心仍然是平静的。奇怪，小时候一听见家里的漏雨声就烦，这会儿怎么没了？我弄不懂，大概因为想象不是真的。如果是真的，我的心还会不会快乐呢？按导师说的，应该会。可是，我能做到吗？

25
苏格兰野营：给心一个幸福的理由

　　第三天，天下起了大雨。野营的人，最怕下雨，因为难以找到地方安营，睡觉都成问题。浩说我们必须改计划，设法找到这一带的旧屋安营。苏格兰有一百多所这样被遗弃的旧屋，专门有个慈善机构进行护理，向登山野营者免费开放。我们找到旧屋时，已经是下午了。

　　旧屋位于半山腰，白色的外墙，格外显眼。屋后是片林子，有条小溪流过，前面有块空地，种菜再好不过了。花园如果清掉杂草，种些花，还是蛮漂亮的。还可以养几只鸡，有鸡蛋吃。这可是世外桃源啊，我想，要是能在这样的地方长住就好了。其实，外婆的家也在半山腰，那是座大山，门前是大片的竹林，山谷有条大河，弯弯曲曲的，比这里要美。可我小时候怎么老是想往城里跑呢？记得为警察局做咨询时，接待我们的是一位高级督察。他住在湖区，那可是个有钱人才住得起的地方，好山好水。他却后悔当年错过了去香港工作的机会，说想住大城市。人是不是总是向往自己所没有的？

屋外的棚子里堆满了劈好的木材，斧子、锯子、大刀，各种工具齐全。屋内有两间房，古老的大壁炉，周围挂满了锅碗瓢盆，还有张双人木床、一张桌子和几把椅子。炒菜的油、茶叶以及一些食品，都有手写的日期，大概是来这里住过的人留下的。最引人注目的是桌上那本厚厚的日记，一翻日期，已经写了十年了。

刚点燃炉火，一对年轻的夫妇走进来，我们惊叹不已。几天了，除了牛和羊，我们还没有见过人。他们来自威尔士，到这里度蜜月的。我不由得把他们又从头望到脚，年龄不过三十上下，普普通通的一对年轻人。不过，要是我当年有他们的勇气，也来这里登山野营度蜜月，多幸福啊。

我和浩小声商量想把有床的房间让给年轻夫妇，他们却向我们告别，原来他们只是路过。

我们围着炉火吃了一顿这些天最美味的爱尔兰炖牛肉。浩懒懒地坐在炉旁，喝着茶，烤他的湿袜子。我则翻开了那本日记，念给他听。那对年轻的夫妇，在上面画了一艘航行的小船，不知道想说家乡在海边，还是他们从此开始了一段新旅程？还有三个德国的女孩子，在雪夜里走到十一点多才找到这里，她们的文字里掩饰不住激动与感恩。是什么令三个女孩子来到这里呢？如今十年过去了，她们还好吗？虽无缘相见，但留下故事的这些人，不知为何在牵动着我的心。也许是小屋，让我们以家人相待？要不，劈好的柴禾，留下的食品，日记上的祝福，是为了什么呢？爱。我们走的时候，也要留下爱，我想。

浩趁我走神，把日记本拿了过去，说他要留言。我侧身看着专心写日记的浩，炉火红红的，烤得他脸上的皮肤像婴儿般红润。我想起了每次一说他脸红扑扑像婴儿，他都要往我怀里一靠，怪声怪腔地喊几声"妈妈"。我出神地望着眼前的一切，好想时间停下来，我可以永远拥有这种幸福得想流泪的感觉。

　　"说真的，这里这么简陋，"我说，"但我这会儿特开心，你说怪不怪？"

　　"很正常，幸福的生活，本来就不需要很多。"浩说。

　　"要是回家后，能一直有这样的感觉，该多好啊。"

　　"为什么不能？"

　　"回家后，很多现实得面对。大家比来比去的，当然心里就不舒服了。"

　　"你可以不跟人比的。"

　　"你说得倒容易，可社会就是拿事业、财富、官位来评价一个人的。"我说，"你不知道，女人之间攀比的可多了，谁嫁得好，谁家的孩子有出息，谁家的房子大，再不就是比名车、比名牌、比度假、比年轻……花样多了，做女人可不容易呢。我现在比从前好多了，只比一两样。"

　　"你可以不跟人比的。"浩又重复一遍。

　　"要求别人总是容易的，你难道不跟人比吗？"

　　"我从来不跟人比。我需要多大的房，就住多大的房。我的同事已经不止一次笑话我的车太旧了，我不会蠢到为他们而换车。"

　　"你不怕被人笑话没本事，不怕被人看不起吗？"

　　"有没有本事，我自己知道，不需要谁来告诉我。别人看不起我，那是别人的事，我觉得自己好，就是好。"

"快说说，你是怎么做到的呢？"

"我本来就这样。"

"年轻时也这样吗？年轻人，恨不得拥有全世界呢。"

"我从来都这样，可能是个性吧，我对物质的追求不感兴趣，只要开心就好了。"

浩说的道理其实我也知道，但还是会不由自主地陷入这场攀比的赛跑。记得小时候，家里穷，能吃顿肉就开心死了。现在，物质生活大大丰富，反而更烦恼了，都是攀比惹的祸啊。真的吗？

朋友完全有条件过奢华点的日子，但一直节俭持家。女儿回家抱怨，为什么同学的手机是 iPhone，而自己不是？朋友耐心劝导女儿，说女孩子要比的是心灵手巧，看谁更有爱心。总之不管女儿如何使性子，朋友都不会助长女儿的攀比心理。其实，不论环境如何，人还是有内在的自由做出选择的。

如此看来，心幸福，哪里都是幸福的。问题是心怎么幸福呢？总要给心一个幸福的理由吧。心理学家说，幸福就是满足欲望。这么说，如果欲望没有得到满足，就不幸福了。可是满足欲望的过程是漫长的，而人往往是一个欲望得到满足，马上又会追求另一个。难道幸福只能是短暂的吗？

这一刻在这山间小屋，尽管简陋，我的感觉却是幸福的。会不会离开小屋，幸福感就消失了呢？我想不会。三天的翻山越岭，又是蚊子又是雨，有一段山路深一脚浅一脚特耗体力，实在走不动了，我把包一丢，扑在草地上大哭。浩呆呆地站在那里，不知道如何安慰我。哭着哭着，我突然意识到不管怎么哭，路还得自己走完，只好爬起来，背上包继续走。浩觉得我的举动实在滑稽，但憋着不敢笑，直到休息时又看到我的笑脸，他才笑出了眼泪。现在回想起来，攀登的苦也是乐。为什么会这样呢？

我想起了《暗室之后》的作者——中国基督徒布道家蔡苏娟，日本侵华时她得病无法及时医治，导致眼睛不能见光，大白天用厚厚的黑布窗帘遮住日光，还要戴上墨镜才能度日。五十三年在床榻，成千上万人慕名来到她的床前，聆听劝勉，深受鼓舞。她说："床榻不是我的监狱，乃是受训的学校；圣灵是我的导师，访客是我的功课。"在常人眼里，她是不幸的，但她的心里常有喜乐。

所以，幸福的理由不只是"欲望的满足"，更是附加在每件事、每次经历背后的意义。那么登山野营对我的意义是什么呢？是我和浩情感的纽带。如果没有浩，我不会这么享受又苦又累的过程，更不会有此刻的幸福感；其次，这是我腿伤后，征服的又一个挑战，是又一次的自我超越；最后野营极简的生活让我忆苦思甜，更能享受家里的好了，甚至那个我总嫌丑要淘汰的沙发，如果再躺在上面看电视，一定够过瘾。

苏格兰南部高地线的官方网站上说："来这里，你所体验的不止是登山野营……"我想是的。

床还是舒服，我们睡了个懒觉。吃完早餐，浩劈柴，我打扫房间，把所有的垃圾装在背包，又留下了一些茶叶和两包中国方便面，写上日期，我们踏上了归途。

26
梦想，没有完美的时刻

今天出门晚了，我匆匆赶回单位，冲进茶水间把午餐放进冰箱时，撞到了同事莲。她告诉我夏洛特的父母昨天双双身亡。夏洛特是我们项目组的负责人，已有九个月的身孕，正休产假呢。"别开这种玩笑，我不喜欢。"我告诉莲。

"不是玩笑，是真的。"莲说。

"怎么可能呢？"

"夏洛特的父母去苏格兰参加哈雷摩托车年会，回来路上，迎面撞上了开错车道的法国度假车。"

我的心疼得说不出话，快步走回办公室，刚在座位上坐下，眼泪已经止不住。几个月前四十六岁的姨父去世，我一直觉得是做了一场梦。夏洛特的父母才五十一岁，还有一个月就能见到外孙，这太残忍了。

我为夏洛特难过和祈祷，也想到了自己的人生，要是人能预知自己的寿命该多好啊。记得乔娜教练曾告诉我，她还有十年可活。当时我问她，"你怎么知道？是生病了吗？"

乔娜说："是算命先生说的。"

"你不会信算命先生说的吧？"

"不是信与不信的问题，我对生死看得很开。权当是真的，我就不会浪费时间做自己不想做的事了。"

那时我也问自己，"我在做我想做的事吗？"

工作上，我已经赢得了上司、同事以及合作单位的认可，我的辅导团队已经超过一百人了，把一个最弱小的团队变成了实现目标的强队，我是挺自豪的。而且我的上司是我遇到的最优秀的经理人教练，她打造了一支最优秀的团队，我在她身上学到的管理和教练技巧，远胜过我在大学、在任何课堂所学。能和这样的上司和团队共事，我常常觉得自己太幸运了，浩也这么说。然而，我的心底常常有句话冒出来，"难道这就是你想做的工作吗？"

不是。为什么呢？

我常常想起在之前的单位，那位面试我的经理安（化名）被裁员，临别时和我说的一番话。安说，她有一个朋友二十多年前只是一个小护士，但她对一种替代疗法很感兴趣，就不停地学习，然后成了这个领域的专家。现在这位朋友住在法国一个漂亮的小乡村，常被邀请到世界各地做讲座。安说她刚去朋友家度假回来，朋友不工作时就种菜、养花、享受法国的阳光。这样的生活、工作方式令她羡慕不已，后悔自己没有像朋友一样下功夫成为某个领域的专家，而落得今天裁员的结局。

安的朋友的生活方式、工作方式正是我做梦都想的。只是每当我这么想时，脑袋里就会有个指责的声音，"你怎么就这么不安分呢？多少人在失业，你有一份这么令人羡慕的好工作，福利好到没有公司能比。知足吧，好好珍惜。"

但是不论我怎么责备自己，内心的对话越来越频繁，我甚至害怕再待下去，最后太享受连走出去的勇气都没有了。挣扎了一年，我终于递交了辞职书，告诉上司要自己创业。谁知上司以创业的起步阶段不一定顺利、同意减少工作时间为由，硬是把我留了下来。这样善解人意的上司，我到哪里去找呢？这一干，又是一年了。

夏洛特父母的悲剧，此刻促使我再一次问自己，"你还要干下去吗？"

"一定不了，趁还来得及，做自己想做的事。如果临死才后悔做了一大堆不该做的，而真正该做的还没有做，那就太晚了。"

工作的事情定了，我和浩的田园梦怎么办呢？这可是我们从没结婚就梦起，到现在老夫老妻了还只是个梦啊。浩每次都说再等等，我们还能等多久呢？晚上，我告诉浩夏洛特父母的车祸，又一次提起我们的田园梦。

"亲爱的，什么时间我们可以搬到乡下去呢？"

"再等等吧，等时机成熟点儿。"

"什么时间就时机成熟了呢？"

"等再赚多点钱。"

"我们需要多少钱就可以搬到乡下呢？"

"这哪能说得准儿，当然越多越好。"

"如果你心中没有具体的数字，永远都会觉得不够。"我说，"没有完美的时刻，我们一天天在老去，等到干不动，再搬到乡下就没意义了。再说，生命无常啊。"

浩没说什么，但这一次终于行动了。很快我们做好了预算，开始了长达一年的爱尔兰寻屋记。而我也坚决地辞掉了工作，全力推动我的教练事业。

走出笼子真不容易啊，我用了足足两年的时间，才放下了这么舒适的工作。我也知道笼外有更多的挑战，但做自己真正想做的，不论结果如何，我已经是胜利者。很多人说起田园，就好像人说起法国一样，想到的一定是浪漫。而我们的田园梦，等待我们的又会是什么呢？

27
辞掉工作吗
要为儿子

璇（化名）不仅长得漂亮，身材更像模特。璇的事业心很强，她不想待在家整天带孩子。所以孩子不到两岁，璇就到了一家私企上班，常常加班。璇的父母对孩子照顾得细致入微，但孩子不论多晚，一定要等妈妈回来，才肯安睡。先生对此有意见，一直要求璇辞掉工作回家带孩子，或者找一份朝九晚五有双休的工作。

璇爱儿子，也爱手中的这份工作。她不知道如何选择，于是找到了我。

"你期望的工作、生活状态是怎样的呢？"我问。

"有一份不用加班的工作，多点时间陪儿子。"

"你已经知道怎么做，还困惑什么呢？"

"这份工作，我好不容易赢得了老板、同事的认可。已经做到了这么高的位置，到一个新单位再从头来过，心里不太情愿。再说，到新单位被提拔后难保不加班。位置越高，责任越大，我身边的高层经理好像没有不加班的。"

"现在的单位有没有可能满足你这方面的需求？"

"绝对不可能。我能理解公司，这个行业本来竞争就强，其他公司加班更厉害。"

和璇简短的对话，我了解到，在儿子与事业之间，她想同时兼顾的可能性不太大，所以她需要有所取舍。取什么，舍什么，在于她个人，我作为教练，只能引导她看清利弊。于是我问："维持目前的现状，带给你的好处与坏处是什么？"

"好处是工作上，我会备受老板的器重，委以重任。坏处是儿子需要我的时候却见不到，这对他的健康成长非常不利。我不想儿子在没有我陪伴的日子里长大。老公现在已经对我有意见，长期下去，我们的夫妻关系会恶化，后果就难说了。这是我最不想看到的结局。"

"我听出来你不会为了工作，而牺牲孩子的成长。这一点肯定吗？"

"肯定。"

说到这里，璇的态度已经明确：要多点时间陪儿子。既然儿子和事业两者不可能兼顾，她的选择要么是找一份不用加班的工作，要么在家全职带孩子，正如她的先生所要求的。显然，璇需要暂时放下事业一段时间，那么她放不下的原因是什么呢？

璇告诉我，再从基层工作做起，或者在家全职带孩子，没了事业，感觉自己挺没价值的。再说整天待在家里，和外界脱节，跟老公说不到一起去，他会不会在外面找小三？自己不工作，没有收入，万一老公变心，自己和孩子将来怎么办？

从这里可以听出璇放不下的理由有二。第一，没事业，感觉自己挺没价值的；第二，担心老公变心。所以，接下来的教练目标就是围绕这两方面而展开，目的是引导璇看到自己想法的局限性，从而转换思维能心甘情愿地放下。因为一次教练只针对一个问题，所以我从事业这一块儿先问起，"你认为'没事业就没价值'，不如你说说事业是什么。"

　　"当然是指在职场上干出一番成绩。"

　　"如果一个女人把相夫教子作为喜欢的工作，孩子调教得品学兼优，家打理得有条有理、温馨幸福，这算不算事业？"

　　"这……我从来没这么想过，应该算。不过这是老一代人的做法，那个年代的女人没受过什么教育，地位不高，除了相夫教子，没什么选择。现代的女人都受了良好的教育，不会这么想。"

　　不管时代如何转变，女人对幸福家庭的渴望从来没有改变。我告诉璇，我曾经有一个同事玛格丽特，非常有才干。她在单位二十年了，工作兢兢业业，但多次拒绝被提拔的机会，而一直安于她的文职工作。为什么呢？她说："家才是我真正的事业。职位高、责任重、压力大，会影响我的家庭生活。"

　　"你的儿子值不值一百万、一千万，甚至更多？"我又问璇。

　　"当然不止这个数，我的儿子是无价的。"

　　"如果儿子是无价的，"我说，"花时间和精力把儿子培养成德才兼备对社会有用的人，这样的妈妈是没有价值的吗？"

　　"我懂了，教练。"

我补充说，有人甘愿待在家中相夫教子；有人相夫教子的同时，在职场干出另一番事业，这都无可厚非。但是当两者冲突时，就要权衡，什么是对自己最重要的。我以前的同事克莱尔生孩子前，在一家美国公司做到营运总监的位置。为了孩子，她辞职来到了我们单位，从基层做起。她看中的是我们单位灵活的作息时间以及我们部门可以在家上班。她说高职位没了，以后还有机会找回来，但孩子的童年没了就永远也找不回来了。

"我清楚了，就是担心老公以后变心。"璇说。

"担心，能不能阻止老公变心？"

"不能。"

"担心带来的好处是什么？"

"想不出好处，倒是坏处一大堆。弄得自己疑神疑鬼，老公老说我瞎担心。"

"既然一点好处也没有，是什么让你不肯放下呢？"

"现在能放下了。可是，放下担心，也不代表老公就不会变心，对吗？"

是的。我告诉璇，谁也不能保证爱心不变。既然担心没用，不如常问自己："我可以怎样让自己成为一个有魅力而智慧的妻子？"这样的问题会将你引向寻找方法，而不是徒劳无益的担心。幸福家庭离不开顺服与舍己的爱。以此为追求的方向，常用上面的问题自我教练，你会摸索出适合你的家庭幸福的方法。

像我最初和教授妻子辩论一样，璇不解地对"顺服"和"舍己"提出了一连串的疑问。我以自己的经历现身说法引导璇，至少给自己一个机会试一下，看看会发生什么。

28

妻子如何顺服
丈夫变了，
移居法国：

　　走遍爱尔兰，看过不下上百套房子。看上的房子，本来长期无人问津，总会突然有人跟我们竞价，一次又一次，价格被哄抬到比原售价还高。难辨真假的我们，受够了这种卖房把戏，决定放弃爱尔兰而到法国买房。

　　法国土地肥沃，气候比英国、爱尔兰好。花两年时间学会法语，住在一个气候宜人的地方，我们认为是值得的。而且安的朋友就住在法国，一想到我也能从一个小乡村飞向世界各地，简直太浪漫了。很快我们买下了看中的房和地，梦想成了真，我和浩的兴奋却没有持续太久。到一个语言不通的国家，这个决定是对的吗？等待我们的将是什么？

　　当然，我们做了大量的准备工作，预想了各种困难的对策，唯独漏掉了为我们的关系准备良药。实在是觉得走过了这些年的风雨，我们的关系没那么脆弱。现在想来，我有点太过自信和乐观了。

很多英国人在法国过着自给自足的田园生活。浩认为有共同爱好的人，应该有共同语言。他兴奋地告诉我，在法国一定能交到更多的朋友。于是一到法国，浩就加入了当地英国人组织的小农场主俱乐部，每月参加聚会。眼见他每次兴冲冲地去，闷闷不乐地回，我直纳闷。浩告诉我英国人不停地抱怨法国这不好那不好，越听人越沉。我想不通，既然不喜欢法国，为何又在这里一住就是十年、二十年呢？

抱怨像瘟疫一样会传染的，没多久，一向乐观的浩也加入了抱怨的大军。更没想到的是，我成了他发泄不满的对象。他埋怨因为我才搬来法国，要是去爱尔兰，就不用学法语，不用填写法国人没完没了的文件。明明是两个人共同的决定，现在变成了我的错，我当然不干。身为教练，给人照镜子的功夫还是有的，我照得浩无处可逃。但是他死不认账，我不由分说就把一顶"不敢担当"的帽子给他扣上了。

说不过我，浩又对我只顾工作、不帮他干装修和农活，埋怨个没完没了。家里如何装修，买什么家具，如果浩看上我不喜欢，他又是一通牢骚。唉，什么"舍己""顺服"，还有夫妻沟通的艺术，这会儿我们统统扔掉了。反正是互相指责，谁也不放过谁。

有一天，我工作太忙，不肯跟浩出去买东西，结果他一怒之下，将家中的电器，包括他自己的两台手提电脑砸了个精光。我不敢相信爱了这么多年、说话从来心平气和的男人，怎么变成了怪兽？是我以前没发现，还是他生病了？

浩一定也为自己的举动吓坏了，在客厅里来回走，自言自语道："我怎么会失控呢？我怎么会失控呢？"接着他像个做错事的孩子，耷拉着脑袋走到我面前道歉，说可能是这段时间没吃药，导致反应过度了。

从来没见他沮丧成这个样子，我信了他的话而心软了。再说从前的我比他也好不到哪儿去，发脾气时砸书扔笔的事我也干过，于是安慰他说："东西砸坏了，我们可以再买。只要你人没事儿就好，别再怪自己了，我原谅你。"

满以为浩会感恩于我的原谅而从此有所改变，我还是错了。我建议他去看医生，他马上发怒，说该看医生的是我，一口咬定是我变了。我们之间互相厌弃到说话都懒得看对方一眼。我干脆把自己关在办公室，从早忙到晚。我用尽方法让自己保持正能量，但是心中少了爱，我说出来的话和写出来的文字，已经少了往日的力量。

我为自己不能把家事和工作分开而懊恼不已，而浩也提出把房子卖掉，我们分手算了。若不是绝望了，浩不会轻易说这种话的。

记得搬来法国前，中介带我们看了一栋房。房主是一对英国夫妇，在那里住了十年，但两人的关系却走到了尽头。从花园、菜园、果园到房中的每一件摆设，美到让人一见钟情，是什么可以拆散这么温馨的一个家呢？

"我们不会像他们一样，对吧？"我问浩。浩的回答更让我坚信这样的事情不会发生在我们身上。万万没想到，不用十年，一踏上法国的土地，我们这么多年苦心建立的关系就走到了尽头。

真的走到尽头了吗？

别看我做了这么多年的教练，帮助别人解决问题，很少被难倒。但对自己的家庭问题，这会儿却毫无办法。我和浩一样看不到希望，这才想到了我信靠的上帝。我开始害怕，是不是上帝在惩罚我？我没有听他的话。他不让我们贪恋财富、名誉地位，而是要效法耶稣基督，活出圣洁、公义、良善和爱，做到荣神益人。可我却和他讨价还价，祈求他满足我的田园梦，我就不再追求世俗的享受了。唉呀，如果他不同意，完全可以拦阻我，为什么让我得到的同时，又这么惩罚我呢？他是不是抛弃我了？

对于上帝的敬畏，顿时超过了家事的搅扰，我绝望地流泪。还能向谁求助呢？恐怕只有教授的妻子了。我拿起手机，这才看到一个叫安弟的中国留学生给我发来的短信。安弟是我在英国的教会认识的，他已经毕业在伦敦工作，我们有半年没联系了。短信说："上帝爱你。"跟着有一段经文："你们要将一切的忧虑卸给上帝，因为他顾念你们。"（《彼得前书》5：7）。安弟说他已经为我祷告三个星期了，刚才祷告时有个强烈的愿望就是告诉我这句话。再没有什么比这句话能给我安慰了，我觉得整个人被爱包围，就像小时候被母亲抱在怀里那样温暖，连泪水都是温暖的。"不能再不听上帝的话。"我要求自己。

可是从哪儿做起呢？我拨通了教授妻子的电话。她耐心地听我数落浩，没插一句话，等我说到没什么可说了，她轻声问："你还爱他吗？"

"我爱以前的浩，现在的他变了。"

"你说他变了，他说你变了，你还爱他吗？"

"我说不清楚。"

"我给你念《箴言》三十一篇'才德的妇人'，你要耐心听。"教授妻子说，"才德的妇人谁能得着呢？她的价值远胜过珍珠。她丈夫心里依靠她，必不缺少利益，她一生使丈

第七章 超越自我，为梦想而行动

夫有益无损……能力和威仪是她的衣服。她想到日后的景况就喜笑。她开口就发智慧，她舌上有仁慈的法则。她观察家务，并不吃闲饭。她的儿女起来称她为有福，她的丈夫也称赞她，说：'才德的女子很多，唯独你超过一切！'……你能让自己成为那个才德的妇人吗？"

"我……"

"浩不信上帝，我知道你不容易。"

"是啊，要是他信上帝，肯舍己，我们之间就不会有这么多矛盾了。偏偏他那么固执，根本不听人说。"

"他听谁说？你若做不到顺服，活不出耶稣基督那份舍己的爱，他怎么肯听、怎么能信？"

"我要怎么做呢？"

"读经、祷告、去教会，亲近上帝，你才有力量舍己地爱。有了舍己的爱，夫妻间没有解决不了的问题。你觉得浩很多事没做或者没做好，能不能看哪些你可以做、自己动手去做呢？我们搬家的时候，墙都是我刷的。国外的工具齐全，很多装修活我们女人是可以做的。"

"好，我先做做看。"

我想成为"才德的妇人"，把我的家救回来。我之前的上司就是这么一位才德的妇人。在单位，不论是对上对下、对内对外的关系，她处理得都恰到好处；她富有远见，开发了不少新项目，等国家新政策出来时，我们的项目刚好跟上政策而拿到了充足的资金，这样别的部门在裁员，而我们部门却不断扩充。在家，她是出了名的贤妻良母，把家收拾得很漂亮，还有她做的甜品好吃极了。她和爱人同是我们单位的高管，大家都说他们是幸福的一家子。

从前我的家也是幸福的，我要把幸福找回来。

29 移居法国：为挽救婚姻，妻子辅导丈夫

只是搬了个家而已，却把幸福弄丢了。这到底是怎么回事儿呢？

因为搬家，我和浩产生了两大矛盾。一是他对法国的失望与抱怨。我的工作很大一部分就是化解人的抱怨，引导人看清自己而承担责任。工作上听够了抱怨，在家里还要听抱怨，我一听就烦，对浩的态度可想而知；二是浩心中的那杆秤，他觉得我整天坐在计算机前什么也没干，而他累得喘不过气，所以总要找事发泄他的不满。

我知道教练要凡事看回自己，承担自己的责任。这，我会去做；同时，为了挽救我们濒临破碎的婚姻，我决定将自己从妻子的角色中抽离出来，以教练的身份引导浩走出抱怨的情绪，同时让他对我的工作增加一份理解。为避免不必要的抵触，我没有告诉浩我在辅导他。

"我们经历了这么多波折，才有了自己的田园。"我对浩

说，"我相信你不想梦才开始，就让它碎掉吧？"

"走到这一步，也是没办法的事。你变了，我觉得不认识你，没办法跟你相处了。"听到这里，我心里真是不舒服，明明是他自己变了嘛。不行，现在是教练，不能发脾气，我提醒自己。

"我们俩的关系走到这一步，我承认我有错，不该向你发脾气，也没肯定你的劳动，我向你道歉。"我尽量平心静气地说，"请你也想一想，你有没有做错的地方？我不是来找你的错跟你吵架的，而是为了我们一起想办法克服困难。以前吵来吵去，反而弄得我们关系更糟，为什么呢？因为我们在用同样的方式——你指责我，我指责你。要想改善关系，我们得换一种方式。同样的方法，最多带来相同的结果。"

于是我向浩提议，我们制定一个共同遵守的守则。国有国法，家有家规，谁违背，谁道歉并接受惩罚，浩同意了。跟着我让他向我提要求，他希望我做到哪些，然后我向他提，就这样我们定出了十九项规则。

接着我向浩谈了我的工作、我所面临的压力。我说以前不谈这些，是不想再增加他的压力。因为不能亲临现场，我需要比别人强很多才能赢来客户。再者，我的服务对象是企业老板和高层管理人员，如果我不能比他们站得高、看得远，这些本来就很优秀的人，凭什么要接受我的辅导？

那么我要如何强过别人？靠经验吗？显然远远不够。我需要挤出一定的时间，不断学习，而且要学得快，才能走在前面。所以一天只工作八小时，是根本做不好的。

浩没有打断我，我知道这一次他听进去了。

如何帮助浩走出抱怨的情绪？我没有急于对他这方面进

行辅导。为什么呢？

这是一个敏感的话题。浩爱好政治，爱研究新闻，这本没有什么。但如今的新闻好像只有靠报道战争、犯罪、各种灾害来谋生。如果每一天以这样的内容喂养自己，再加上身边被一群爱抱怨的人包围，浩不抱怨才怪呢。以往，我不止一次地直接指出不能这样，最后弄得两人都不愉快。既然我们的关系已经僵到这种地步，我需要改变自己，用行动遵守我们的十九项规定，待关系缓和之后再做打算。

我利用晚上加班干工作，白天工作之余挤时间帮浩干活。该怎么装修，该买什么，除非实在太不合我的眼光，一般都由浩决定。家务活，我全包了。一时间我忙得恨不能有两个脑袋，全天二十四小时工作、干活，这也逼得我想尽办法提高时间的利用率。慢慢地，浩指责我的地方少了，甚至还会说出那句："你辛苦了，我来干！"尽管关系修复到从前还需要时日，但辅导浩走出抱怨的时机已到。

因为这方面浩很敏感，我不能直接针对他而进行辅导，于是我说："亲爱的，你最擅长思考了，我有一个观点想发表，为了避免人家把我问倒，我想你挑战我的观点，这样我能考虑全面一点儿。"

浩最爱和我辩论，当然很高兴地接受了。

"你还记得我们在英国时看过的那个电视节目《你是你所食》吗？"我说。

"记得。"

"我认为人也是'你是你所想'，你同意吗？"

"同意。"

"人每天所看的、所听的都会影响所想的，你同意吗？"

第七章　超越自我，为梦想而行动

221

"同意。"

"如果一个人每天所接收的都是负面的信息，或者被爱抱怨的人所包围，这个人所想的也会负面，同意吗？"

"不完全同意。负面的信息或者爱抱怨的人，通常会让人觉得低沉，但每个人不一样，还是要看人。"

"是的，如果一个人能不受负面的影响，最好了。对我来说，短时间我能不受影响，长时间我只会剩下负能量，根本没办法工作了。所以我不跟爱抱怨的人交朋友，每天阅读大量正面积极的信息，这样我才有力量把人的负能量转变为正能量。说实话，你属于哪种情况？"

"谁也不愿意跟爱抱怨的人做朋友，我承认接触负面信息，时间长了会受影响。不过，这个世界被负面新闻充斥，你不能不闻不问，假装不存在。"

"你认为要怎么做呢？"

"当然是要了解发生了什么。"

"了解之后，做了些什么改变现状呢？"

"有些事情也不是你想做就能做的。比如战争，就算反对，平民老百姓能制止吗？还有过度消费带来的资源浪费，凭个人能制止得了吗？"

"你说得也是。"我说，"不过，有个叫马克·博伊尔的爱尔兰小伙子，他认为这个世界变成了商品经济社会，过度生产，过度消费，人类正在无节制地浪费地球资源。马克只不过是商学院毕业，有一份收入颇丰的好工作，过着中产阶级的生活，他能做什么呢？我被他的故事深深地打动，你要不要听一下？"

"说吧。"

我说，马克没有停留在不满，而是辞掉了工作，过了十五个月不花一分钱的生活。他住在被人遗弃的一架房车里。每周靠给当地的农场主打工三天而得以租用一块地停靠房车，他用自制的太阳能烧水做饭，吃自己种的菜。马克的个人行为，对全球性的过度消费能产生多大的影响呢？

　　马克是因为圣雄甘地的那句话"改变世界，先改变自己"而采取了这样的行动。他说如果从自己做起，不花钱消费，也是对地球资源的保护。极简的生活让马克比以往任何时候都更快乐。他发现没有了金钱，收获的是人与人之间的信任与关爱。马克并不主张人们都像他一样生活，他想告诉世界的是：我们的地球需要保护，人不需要很多，没有钱的日子也可以快乐。马克还组建了会员社区，通过物物交换吸引有共同爱好的人传播他的理念。他的故事也在各大媒体发表，影响着越来越多的人崇尚极简生活。

　　"所以，下面是我要发表的观点，留心听，我要你用最挑剔的眼光来反驳我。"我说，"偶尔抱怨一下，让自己的不满得以发泄，不是不可以，但是抱怨之后却没有任何行动改变现状，是看不起自己，不相信自己有力量改变。这样的人，等于放弃了自己的控制权，被外在的世界而囚在笼中。你同意吗？"

　　"我同意你对抱怨的看法。"浩说，"不过，人是有限的，比如刮风下雨，人能改变吗？"

　　"亲爱的，还记得我们初相识，我是什么样子吗？"

　　"很多的抱怨和担心。"

　　"是的。记得有次，我们一早计划好周末去登山，结果一到周六，雨下个不停，我唉声叹气，不住声地说：'这雨真讨厌，早不下晚不下，偏偏这时候下，好像跟我们作对似的。'你那时对我说了什么？"

"下雨不用出门，刚好可以好好放松一下，想睡就睡，想吃就吃，还能听音乐，看我们喜欢的电影，也不错嘛。"

"是啊，正是因为你的幽默、乐观和包容，才有了今天不再抱怨、不再担心的我。"我动情地说，"你看，法国人对我们热情友好，我们的家又这么漂亮，虽然现在遇到了点困难，只要有爱，我们一起面对力量更大。"

浩深情地望了我一眼，我没有继续辅导下去。想起从前浩包容了我的抱怨与种种不是，今天，我能不能用耐心影响他呢？即便他不会改变，我能不能用爱心包容他呢？

我想起了《圣经》上对"爱"的教导："爱是恒久忍耐，又有恩慈；爱是不嫉妒，爱是不自夸，不张狂，不做害羞的事，不求自己的益处，不轻易发怒，不计算人的恶，不喜欢不义，只喜欢真理；凡事包容，凡事相信，凡事盼望，凡事忍耐。爱是永不止息……"（《哥林多前书》4：4-8）

我知道自己离这样的境界还很远，但我要去爱，因为舍己的爱里才有幸福。假如教授的妻子再问我，"你还爱浩吗？"我一定会告诉她，"我爱，不管他有没有变。"

辅导改变了丈夫

这次在浩身上用教练方法，还是颇有成效的，为什么前些年反而没有呢？

我发现以前用教练方法的动机是"把他改造成我期望的样子"，是为我，而不是为他，尽管我口口声声说是"为了他好"。这和教练的动机——"支持对方成长"是相违背的。所以那时的我打着"教练"的旗号，实际上不是教练，而是不接纳他，要他改变。有谁愿意被人改变呢？浩当然会抵触，而我指责和不满的语气则加剧了他的反感。

这一次，我的动机不是改变他，而是为了我们共同的目标——幸福的家。变不变，选择权在他。不论他变不变，我告诉自己，都要接纳他。有了这样的心态，当他拒绝我给他照镜子，拒绝向内看回自己时，我不会像从前那样带着情绪强迫他了。

浩收到了我的用心，反而愿意听愿意做了。人感受到的是对方心里所想的，而不是嘴上所说的，我想。正如《圣经》上说："我若能说万人的方言，并天使的话语，却没有爱，我就成了鸣的锣响的钹一般。我若有先知讲道之能，也明白各样的奥秘、各样的知识，而且有全备的信，叫我能够移山，却没有爱，我就算不得什么。我若将所有周济穷人，又舍己身叫人焚烧，却没有爱，仍然与我无益。"（《哥林多前书》4：4-8）

所以，教练一定要有"舍己的爱"，否则不论技法多高，都没用。如果我早一点意识到……为什么当初没有呢？

我相信了导师还有很多同行说的"不要在家人、朋友身上用教练方法"，所以用得没效果时，我放弃了，根本没想从自己找原因。和浩的关系出现问题，我开始思考：教练思维不能改变别人，但是教练思维可以影响别人。既然我能影响那么多人改变了人生，为什么我不能影响我的家人呢？教练方法真的不能用在家人身上吗？

我决定再试一回，这才找到了真正的问题不在教练方法，而在我。那么，是不是有了"舍己的爱"，就行了呢？

我不知道。一是我还没有做到时时、事事都舍己的境界；二是如果我单方面地"舍己"，不知道自己能坚持多久。把对方的利益始终放在第一位，说比做容易。所以我没有被动等待，浩有一天被感化也愿意"舍己"。相反，抱着"舍己的心态"，我充分运用了教练的影响力。首先，我帮助浩，明确了我们一致的目标——找回从前的幸福；其次，为了这个目标的达成，我们共同制定了十九项"家庭守则"。

因为是共同制定，执行的主动性当然高。但是，每一项都在挑战我们习惯的说话、做事模式，如何确保我们能坚持执行呢？

我不仅是执行者，同时也是教练，这是我给自己定的角色。教练，意味着我需要担当更多的责任，不仅自己要做到，更要帮助浩克服困难。

辅导浩，和辅导客户一样吗？

原则上应该一样，但实际不一样，为什么呢？

和客户之间，只是辅导和被辅导的关系；和浩，除了这层关系，还有夫妻关系。夫妻之间很熟悉，难免戴着有色眼镜看对方。再者，因为亲密说话脱口而出，不会像对外人一样，说之前会想该不该说；最后，夫妻之间不是没面子，而是面子更重，特别是为了维护尊严，未必那么开放地说出心声。这对教练不加评判、保持中立带来了影响。

有夫妻关系的干扰，是不是就没办法用教练方法呢？

当然不是。舍己的心态是前提，以支持对方为出发点；然后是抓时机，不刻意计划；跟着要有灵活度，不必卡着教练地图来做，点到为止；最后，方式方法多样化，除了日常对话，运用邮件、一起看电影等分享正面积极的故事。

尽管灵活多样，但总原则不变——对浩要有益处。在这个大前提下，我把握了两点。第一，让浩觉得是自己的点子而有成就感，因为他抱怨我老爱指指点点，打击他的想法；第二，用我的正能量感染他。

记得在处理邻居乱丢垃圾的事情上，我就成功地做到了第一点。

我们的邻居是位独居的法国老太太，她总爱将瓶瓶罐罐、地里的杂草扔到河里。浩每周都要清理河里的垃圾，时间长了，他就很多怨言。但是怕伤了老太太，既不敢告诉镇长，也不敢直接告诉老太太别再扔垃圾。最后，他忍无可忍，写了个大牌子"爱惜河流，不要丢垃圾"，挂在我们家后院的桥上，老太太走过来看看牌子，继续扔垃圾。看着浩懊恼的样子，我说："也许老太太已经习惯了这么扔垃圾。"

"在英国，往河里扔垃圾是要罚款的。"浩生气地说。

"这里是法国，我们在人家的地盘上，还有什么办法能彻底解决这个问题呢？"

"向镇长报告。"

"镇上人又会怎么说老太太呢？别忘了，我们一搬来，就听到镇上那么多人说老太太的坏话。你不想伤害老太太，对吧？"

"那我不能天天在河里捡垃圾啊。"

"还有什么办法呢？"

"我去直接告诉老太太。"

"她不是不知道啊，你不是写了大牌子吗？"

"那我就告诉她，把垃圾装在垃圾袋里，放在门口，我替她把垃圾倒到镇里的垃圾桶。"

"太好了，你成了镇上的好撒玛利亚人——专为有困难的人提供援助的慈善机构。"

后来我和浩来到老太太家。老太太没听懂我们的法语，以为我们需要垃圾袋，拿出一卷垃圾袋送给我们。我们可是费了老大的工夫，才让她明白。浩看见老太太的菜园子，还没松土播种，马上自告奋勇，帮老太太挖地。老太太非常感激，邀我们一起喝咖啡。就这样，一个恼人的问题，以大家都开心而解决了。

若是往日，我一定会直接对浩说："干脆我们帮老太太倒垃圾，她就没有借口再丢到河里了。"浩本来就乐于助人，他一定不会拒绝，但我这么做却剥夺了他小小的成就感和虚荣心。所以当时话到嘴边，我愣是给吞了回去。这样让浩赢，没想到比我自己赢还开心。

有时听浩说了一堆负面新闻，我会说："好了，这个世界也有美好的一面，让我们说点让人开心的事吧。"有时我会笑着问："嘿，一说新闻，你好像很气愤，这样的好时光，你用来生气，太不合算吧？"

浩马上自嘲地笑笑，我又会加上一句："你气愤，是因为你有正义感，这是我爱你的地方哦。只是，世界不会因为我们气愤而变得美好，而是因为有无数个你我愿意为它的美好做点什么。别的不说，至少我们可以为受苦受难的人祷告。"

有的时候，我听着他所见所闻的负面评论，被拖下水，情绪低落。然后，赶快寻找能带来力量的文字和视频，救自己上岸。不过，也有很多时候，特别是当我怀疑自己，想人家可能不会用我的教练思维，不会读我的书，浩总是说，告诉我人家为什么不？每当他这么问时，我反而找不出不相信自己的理由，疑虑马上消除了。

既然教练思维不是为了改变浩，而是他自己选择改变。那么我这个教练到底起了什么作用呢？

首先，我带浩看目标在哪儿，把目标变成他想要的，并让他有信心。如果他不肯或者不认为我们有希望找回幸福，就不会想改变自己。所以目标是关键，跟着是用教练思维支持他做到。

没有教练思维，我们的关系会怎样呢？

如果我不肯"舍己"，不先迈出这一步，等待我们的就是分手的结局。如果我只是"舍己"，而没有结合教练的技法，修复关系的时间会长，结果很大程度上取决于浩，我有些被动。所以我选择了主动影响，幸福的家是我想要的，除非我去用心创造，否则它不会自己降临，更不是浩能给我的。

　　有没有可能辅导他，他又像从前一样拒绝呢？

　　当然有，而且很多。这时，往往问题出在我身上。是我没有做到"舍己"，违背了教练启发对方自己找到答案，而是急于发表我的意见，让他接受。好在我能马上意识到自己的问题，快速调整。我想："不管浩接不接受教练，不管他变不变，我都要接纳他。"这样的心态很重要。

　　坦白说，这一路走来，不只是我辅导浩，他也在辅导我，我们成了彼此的镜子，相互搀扶着寻回我们幸福的家。恰如《圣经》所言："两个人总比一个人好，因为二人劳碌同得美好的效果。若是跌倒，这人可以扶起他的同伴；若是孤身跌倒，没有别人扶起他来，这人就是有祸了！"（《传道书》4：9-10）

31 我爱上别人了，想和老公离婚

梅（化名）找我的时候，我已经走过了在法国那段最黑暗的日子，否则我不可能有力量引导她解决婚姻中的问题。

梅漂亮能干。而她的先生，据梅的描述，好吃懒做，什么事都干不成，一点男人的责任心也没有。而且脾气来了，砸东西打人也干得出来。梅只能一人挑起养家的担子，本想忍忍算了，没想到遇上了一个疼自己的人而陷入爱河无法自拔，于是动了跟先生离婚的念头。

梅来找我，一定是在"离与不离"之间拿不定主意。如果已经决定，根本没必要找教练谈。但作为教练，我不能凭猜测，更不能以我个人的经验来影响梅的决定，特别是她面临着家庭暴力。于是我问："想好了，一定要离婚吗？"

"在想，定不下来。"

"犹豫的是什么？"

"儿子，怕伤害儿子。"

很多人喜欢打着"为孩子"的旗号。比如"工作狂"，没时间陪孩子，会说"这么做都是为了孩子的明天"；夫妻关系出现问题，离婚不离婚都说是为了孩子。如果真是为了孩子，再忙也能挤时间陪孩子；如果真是为了孩子，除非家庭暴力不绝，否则再难也要经营好夫妻关系，给孩子一个幸福的家。所以，我不打算引导梅考虑对儿子的影响，而是继续给她照镜子，引导她看自己。

"还爱老公吗？"

"不爱，一点都不爱。"

"结婚的时候，爱老公吗？"

"那当然了，要不怎么会嫁给他呢。那个时候的他和现在完全是两个人。"

"爱那时候的老公，像爱现在这个男人一样吗？"

"是的。"

"你们结婚多长时间了？"

"十年。"

"我下面的问题，听起来会让你很不舒服。你愿意去看内心深处的自己吗？"

"愿意。我现在被爱与自责折磨死了，必须有个决断。"

"老公娶了你，十年后的今天变得暴力、好吃懒做、不负责任。如果现在这个男人娶了你，十年后会不会也变成那样呢？"

梅沉默了，我没有急于问下一个问题。向内看自己，心会痛；被别人剥光皮看自己，不只痛而且尴尬，这需要足够的信任与勇气。

"我不知道自己做错了什么……也许我对他期望过高，

老是批评他没做好？"

"我们不是天生就懂怎么经营婚姻，你已经尽力了，原谅自己。你的老公这样暴力，再生活在一起，你的人身安全吗？"

"只要我不去激怒他，应该没事儿，这一点我还是相信他的。"

"你现在爱上这个男人，以后他变了，你会不会又变心？"

"他不变，我就不会变。"

"如果他变了，你不是又要离婚？变化每时每刻都在发生，十年前和现在相比，至少身体在变老，不是吗？再看看今天的生活、工作方式，和十年前一样吗？"

"这……我现在掉进去出不来……我和他在一起很开心。"

"你想不想出来？"

"想，但会很痛苦。"

"是一时痛苦，还是一世痛苦？"

"我不知道，应该会随着时间淡忘的。"

"你接下来打算怎么办？"

"我想跟这个人分手。但如果他不肯，我恐怕离不开。"

"工作中你决定的事情，常常因别人而改变吗？"

"那不会。别人很难让我改变主意。"

"所以，能不能跟这个人分手，由谁决定？"

"我……"

梅爱学习，夫妻如何相处的道理她懂，方法也有，离婚带来的危害她更清楚。但是一年后，听说梅还是离婚，和婚外爱的那个男人也没维持多久便分手了。

是梅没有尽力挽回吗？我是局外人，不能下这个判断。走上离婚之路，是梅的问题吗？不完全是。因为一个巴掌拍不响，家庭是丈夫和妻子两个人共同经营的事业。

我为梅惋惜不已，也在想我和浩的关系一次次出现危机，为什么我们能走过危机而彼此靠得更近呢？像梅一样，我也是个很难被人改变主意的人，教授的妻子哪来的力量，让我每次都乖乖地照她说的去做呢？

是对上帝的敬畏之心，我想。《圣经》教导"婚姻是神圣"的，所以我不允许自己心中存有"离婚"的想法。遇到最难熬的关头，"离婚"这个念头一冒出，我会战战兢兢地来到上帝面前祷告，祈求上帝的引领。而教授的妻子是我的榜样，她总能及时地把我引向正道。

若是将"离婚"挂在嘴边，以为只有"离婚"才能解决夫妻问题，这样的家能经营好吗？

你在忙什么

　　"你在忙什么？"这是牧师来家中探访，问我的第一句话。

　　通常人会问"最近忙吗"，我的回答总是"很忙"，我自己觉得也"很忙"，好像我的人生从来没有"不忙"。从读书考大学、结婚生子、失去一切又重来、家庭与事业的冲突、移民到人家的地盘拼出自己的一片天、漫长的康复训练、搬家、应对一次次的家庭危机等等，我一直是"兵来将当，水来土掩"，跌倒了喘口气的机会都没有，爬起来就走。

　　浩规定我每天的工作、学习时间平均不得超过十个小时。眼见长得不见尾的任务清单根本不是十小时能完成的，为遵守家庭守则，我还有一堆家事要做，就这么每天只能卡着钟点过日子。

　　"为什么会这么忙？是时间管理的问题，还是自己超负荷了？"牧师见我不出声又问。

　　"不是时间管理的问题，应该是超负荷了。"我说，"我做事效率一向很高，曾经不止一个雇主说，同样的时间，我一人干的是三个人的工作。"

"一定要让自己这么忙吗？"

我从来没这么问过自己，忙早已成了我人生的主调。为了什么呢？为了梦想吗？我已经实现了我的事业梦、田园梦，怎么我比以前更忙？

为了生存吗？好像不完全是。如果不去追求奢华的生活，人所需要的要比所想的少许多。

怕不忙就落后吗？落后了又如何呢？被人笑话，人不都是整天比来比去的嘛。不对，如果在意别人如何看我，我这辈子早就按部就班地走了，不会这么折腾。

于是我告诉牧师："我可以不忙，是我太爱工作而忽略了其他。"

牧师说，他一生陪伴不少人走过了人生最后的时刻。没有一个人死前在后悔没多花点时间工作。

"你那么爱你的工作，为什么呢？"牧师问。

"我觉得这辈子，总要创造点价值吧，要不白活了。"我说，"最起码要对人对己有益，这样我才觉得有点意义。"

"很多事情可以创造对人对己有益的价值。"牧师说。

可我就是喜欢教练事业。教练思维已经渗透到我人生的方方面面，让我成为了我想成为的人，过上了我想过的生活。事业上我本来就强，但经营幸福的家庭，对我这么一个强势而独立的女人，挑战不是一般人可以想象的。爱不像酒，时间越长越香，爱是反反复复的。今天可能火热到要融化，明天就降到了冰点，有时一天就有爱的四季，所以每一天都是一个新的挑战。

比如，浩的口头禅是"应该"，而我一听见"应该"，就觉得他是在指责我，好像我什么都做不好。我没好气地质问他，"为什么你老是爱指责人，好像就你懂，别人是傻瓜！"

　　"我没有指责你，我不过是告诉你正确的做法。"

　　"难道就你的方法是正确的吗？你知不知道'应该'这个词，本身就有'指责'的意思？这可不是我这个中国人杜撰的。我上'沟通的艺术'培训，你们英国的沟通专家也这么说，还建议我们少用'应该'！"

　　"不是'应该'这个词有问题，是你们这些所谓的沟通专家有问题！"

　　为了浩的"应该"，我们不知道发生过多少次的争执。后来有一天我就问自己："是不是所有人说'应该'，我都会火冒三丈呢？"

　　"不是。"

　　"为什么？"

　　"我敬重的人，比如牧师，还有我的教练、老师说，我可是洗耳恭听的。"

　　"为什么对浩就做不到呢？"

　　"我和他是平等的，他凭什么告诉我应该这样、应该那样？"

　　"平等就不能敬重，只有高你一等的人，你才敬重，是这样吗？"

　　"哎呀，不是的啦。"

　　"那是什么？"

　　"是浩没有权威，而牧师、教练、老师是有权威的。"

　　"权威根据什么而定？"

"他们比我厉害。"

"厉害的标准又是什么？"

"他们比我懂得多。"

"是所有事比你懂，还是某方面？"

"是我感兴趣的方面。"

"你不感兴趣的方面，就算这个人很专业，也不够厉害、不够权威吗？"

"不是。"

这次的自我教练，我不再对浩的"应该"反感了。我意识到，以往只看到浩的不足，也接纳了他的不足，但没有看到他在很多方面足够权威，而且"平等就不需要敬重"是完全错误的，《圣经》教导我们"人人都有尊贵的生命"，这给了我当头棒喝。人，应当被尊重，夫妻更要"相敬如宾"。

再比如我和浩表达爱的方式是不同的，我喜欢礼物。有一天冲凉时，我看见浴缸边放了一瓶我专用的洗发水，第一反应特别感动，觉得浩太爱我了。为什么呢？因为我的洗发水已用完，而这个品牌的洗发水只能在专卖店买。专卖店离我家远，刚好我太忙没时间出门购物，就让浩从超市买了个别的品牌给我临时用。没想到他这么有心，又去专卖店给我买了一瓶，而且香型都没错。

晚饭时，我说："我在浴缸旁发现了我最爱用的洗发水……"

没等我后面的甜言蜜语说出来，浩马上接口，"哦，我在浴柜里找到的，你什么时间买的，没用都不知道吗？"

唉，刚才的感动白浪费了，我心说。就在那丝失望划过心头的当下，我抓住了它的尾巴，问自己："你失望的是什么？难道买你喜欢的洗发水就是爱你，没买就不爱你吗？浩不是也按你的要求从超市买了洗发水吗？"

"没要求就想到，这才是让人感动的爱。"

"你要求太过分了吧？男人哪能和女人一样心细呢？浩按你的要求买了，还不知足吗？"

嘿嘿，我自嘲地笑笑，搞得浩莫名其妙，他哪里知道刚才我像是坐了一次过山车。换在过去，我一定失望，免不了抱怨。要知道，我从前是个爱抱怨的人，好像全世界都欠我，把家人的爱、别人的帮助当作理所当然，不懂得感恩；外表坚强，内心脆弱，常常怀疑自己，别人的一点点不认同就把自己打垮了。哪有力量天天自我教练，而经营出一个幸福的家。

"为什么教练思维对你能有这么大的影响呢？"牧师又问。

一方面过去那个样子，让我付出了惨重的代价，我必须改变才有出路；另一方面，助人者自助。如果教练方法没有令我的人生更好，我凭什么要让别人学教练方法、用教练方法？这促使我不断地把教练方法用在自己身上，用自己的人生为教练思维做见证，所以才有了这样的改变。

"帮助人的方法和工具有很多，为什么是教练思维呢？"

人跟人不同，所以适合每个人的工具和方法未必一样。但是，只要人肯追求进步，教练思维适合大多数人，为什么呢？

首先，教练思维从做人做事方面系统性地发展一个人，特别是引导人做有道德的人。人们一直崇尚"知识就是力量"，追求做事的方式方法，然而知识不和道德结合，后果是什么呢？今天人类面临的各种问题，不就是因为知识增加，但是道德沦丧、真爱缺失的结果吗？有多少人的爱是"牺牲别人来成全我自己的欲念"？这不是真爱，真爱要"舍己"。而教练的最高境界就是"舍己"的爱，教练担负着传播爱的使命。

"舍己"不是空谈，特别在家庭里，我深有体会。尽管经营夫妻关系，我不断地自我教练才有了和谐与幸福，但前提还是因为我有"舍己"的意愿。

我常对人说，也许你的家庭很幸福，可是你能保证你的孩子在学校不会接触到问题家庭的孩子，不会受影响吗？如果社会充斥着不良青年，你的孩子的未来会是怎样的呢？所以不只是企业，每个人，哪怕为自己的后代，都要从我做起，担起社会和谐的责任。

所以教练对于全面提升个人素质、构建和谐社会有着深远的意义。

其次，教练引导人向内认识自己，成为内在强大的人。南非前总统曼德拉说："我们最大的恐惧不是我们没有能力，我们最大的恐惧是我们具有无与伦比的力量。"这个力量来自里面，而不是外面的财富、名誉和地位。遗憾的是，人对自己的认识少得可怜，小看了自己，一直向外求力量，而固有的思考、做事、为人处世模式，将自己囚在笼中又意识不到，所以人需要教练思维来认识自己。

最后，教练思维通过提问把思考的能力还给人。如果人丧失了思考能力，和动物有什么两样呢？而人跟人最大的区别在于思考的不同。为什么呢？不同的思考带来不同的选择，选择不同，结果不同。为什么会有不同的思考呢？所问的问题不同。

比如，您刚才问"你在忙什么"，我同时又思考了下面的问题：

"我为什么这么忙？"

"我有没有偏离最初的方向？"

"我忙出了什么结果呢？"

"结果是我预期的吗？"

这样的思考让我发现了其他的问题。一般人不习惯问问题，也不懂问问题的方向，更不要说由一个问题而思考更多的问题，所以只能等到着火了再去救火。

再比如，遇到问题，很多人习惯于告诉自己："这不可能""我能力不够""我不会""我不知道""这不关我事""事实就是这样的"等等。作为教练，我已经很习惯于问自己：

"还有什么可能性？"

"我能力不够在哪里？要怎样就够？有哪些资源可以借用？"

"我要怎么做就能由'不会'变'会'？我还需要什么？"

"我要怎么做就能由'不知道'变'知道'？"

"这件事真的不关我的事吗？我有发挥我的影响力吗？"

"事实果真如此吗？我的证据是什么呢？这些证据足够吗？有没有可能我把自己铐住了？"

这么问，我的注意力就在寻找解决问题的方法，而不是试都不试就放弃。试的结果大多数情况下，都证明原来是有可能的，而我已经将那个"可能"变为了现实。不断这么做，我发现像爬山一样，爬过了小山头，爬大山头也不是太难了。

"为什么教练会这样问问题呢？"牧师问。

教练思维的"目标结果"导向，不单单思考"要做什么"，而是"为什么做"，做事背后的动机是什么，意义是什么。崇高的动机和意义才是点燃一个人的发动机；教练思维的"凡事内看、承担责任"，让人遇到问题一定是先看回自己，思考自己能做什么来解决问题，而不是被动等待别人；教练思维的"打破常规、创造可能"，让人总是寻找和创造可能性，善于质疑自己和他人的想法，不会轻易地被条条框框束缚。再者，教练思维提升了人的思考和自我觉察能力，很容易以人、事、物为镜，由此及彼，举一反三。

当然，并不是教练才会这么问问题。像您，已经问了我不少启发思考的问题。我很好奇，不知道您本来就这样，还是接受过专业的训练？

牧师告诉我，对于如何提问曾经受了大量的专业训练，但是对于教练职业，了解不多，很好奇，所以才会问出这么多问题。说着，他又问："思考'在忙什么'，你发现了什么？"

33 给时间开个价：学会取舍

思考在"忙什么"，我有问自己"忙出的结果是什么"，然后呆住了：与我的预期差距太远。为什么会这样呢？我发现工作上，因为自己能做的事情太多，机会也太多，不知道如何取舍，最后揽下了太多太杂的事情，结果是工作侵占了生活的时间。

"人家是没机会，你却嫌机会太多了。"牧师笑着说。

"机会多并不是一件好事，很分散精力。"我说，"有的时候，我情愿只有一个机会，然后牢牢地抓住，全力以赴地做好。"

"是什么让你不知道如何取舍呢？"

"我不知道，个个都像是好机会，难分上下，所以都想抓住。"

"假如你知道的话，你会根据什么来取舍呢？"

牧师不愧受过专业的发问训练，"假如你知道"这个教练常用的提问，他竟然也会用啊。以往当我这么问时，对方通常会给出更多的信息。其实，不是不知道，只是自以为不知道，或者不敢肯定，或者不想说罢了。那么我属于哪种情况呢？

"假如我知道，我会根据自己真正想做的来取舍。"我告诉牧师。

"你不是说很爱你的工作吗？"

"是的。我爱教练，但教练的范围太广，我的工作生活阅历丰富，最后变成做得又多又杂，而我真正想做的是用教练思维帮助追求事业、家庭、健康的女性拥有幸福人生，这才是我出发时的初衷啊。"

"这么取舍有困难吗？"

"有。"我说，"取，容易，帮助女性，特别是事业女性处理家庭与事业的冲突，本来一直在做；舍，很难，特别是舍掉有些已经做得红红火火、也是自己喜欢的项目，需要勇气。"

牧师点点头，问："你的人生还有多少时间？"

假如一生以七十岁来计算，我常常要求我的学员这么计算自己的时间。今天再次对照这个公式算自己的，我还是吃了一惊。而这个时间还没有除去诸如生病等意外事件，原来可供自己支配的时间真是少得可怜了。

50 岁的我	40 岁的我	30 岁的我
20×365=7300天	30×365=10950天	40×365=14600天
12×7300=87600小时	12×10950=131400小时	12×14600=175200小时
假定一年365天，除了吃饭、睡觉、在路上，每天可用时间最多12小时		

记得美国一个老师教时间管理，他要求我们按下面的公式，给自己的时间定个价，这样就不会随意浪费时间。他说假定一年工作二百二十天，根据二八定律，我们一天创造的价值是由百分之二十的时间产生的。所以，如果每天工作八小时，那么八小时的价值只是通过一点六小时创造的。

年收入 5 万元	年收入 50 万元	年收入 1 百万元
5 万元 ÷220 天 = 227 元（每天价值）	50 万元 ÷220 天 = 2270 元（每天价值）	1 百万元 ÷220 天 =4540 元（每天价值）
227 元 ÷1.6 小时 =142 元（每小时价值）	2270 元 ÷1.6 小时 =1419元（每小时价值）	4540 元 ÷1.6 小时 =2839元（每小时价值）
（因为每天的价值是由 8 小时 ×20%=1.6 小时创造的）	（因为每天的价值是由 8 小时 ×20%=1.6 小时创造的）	（因为每天的价值是由 8 小时 ×20%=1.6 小时创造的）

这只是按八小时正常工作来计算，对于我这样并不是每小时有产值的行业，每小时的价值远不止这个数。老师说的没错，自从对自己的时间有个定价之后，我不论做什么事，总在算值不值。记得有次刚好错过一班地铁，一算自己多等六分钟值多少钱，我赶紧拿出书来看，可不想在站台晃来晃去，消磨时光了。这并不是说"时间就是金钱"，谁都知道"时间是生命""寸金难买寸光阴"。现实是，人丢了几百块钱，往往急得花时间到处找，但对于时间白白浪费，却毫无感觉。所以给自己的时间定个价，就懂得心疼了。

被牧师这么一问，我觉得所剩时间不多，要给自己的每小时加价了。

"我知道怎么做了。"我告诉牧师，"我不想等到快死的时候，才后悔想做的事情没有做。"

"看得出上帝给了你很多恩赐，好好发挥吧。"牧师说，"我来是为了看看，你遇到了什么困难。没想到从你这里对教练思维了解了这么多，你不介意的话，我还有一个问题，教练思维是如何引导人认识自己的呢？"

34

教练思维如何
引导人认识自己

教练思维通过给人照镜子，引导人向内认识自己。人习惯于通过"我做了什么，拥有什么，别人怎样看我"来建立对自我的认知，一旦这些外在的东西发生变化，人就找不到自己了。当年我从中国来到英国，由"自以为是个人物"到"什么都不是"，感觉迷失就是这个原因，所以认识自己需要向内看。

向内看，并不是以自我为中心，人都要围着我转，而是从经历的每一件事当中，选择自己可以承担的责任。这是第一个层面的内看，第二个层面会以人、事、物为镜，觉察自己当下的感受和思想而做出选择。

这和"认识自己"有什么关系呢？

当人愿意承担责任时，其实是打开了发现自己的可能性之门。为什么呢？责任与控制成正比，承担的责任越多，可控范围就越大，可能性就越多。比如，当我和浩出现关系危机时，我可以不断抱怨、指责，给他扣很多顶帽子，但这并不能改变我们的现状。如果我等待他的改变，不知等到何时，我非常被动；万一他不肯改变，我们的关系不就死掉了吗？所以我选择主动承担自己的责任。什么责任呢？不单单是改变自己的责任，同时用教练思维支持他改变的责任。我们找回了从前的幸福，我也发现了一个全新的我——可以去"舍己"，可以去包容，可以在行家认为不可能的情况下，竟然在家人身上用出了教练的效果。

第二个层面的内看，只有觉察自己当下的感受和思想，才能看见有些什么选择：是不是要走出自己不想要的情绪状态？是不是要打破限制性思想的捆绑？

比如我觉察到自己对浩的某些行为不满，正在独自生闷气。这时我可以继续一个人生闷气；或者在浩身上把气发出来，两个人一起生气；或者我调节情绪不再生气。前两种选择不是我想要的，所以我对自己说，这么多年他都是这样的，以后还会这样，你还要在这件事上浪费多少时间生气？夫妻相随的时间本来就有限，难道要等到他不在的时候，才后悔没有珍惜在一起的每分每秒吗？

如果这么想还不能解气，我就用情绪管理 ABC 找出情绪背后的看法。因为不是浩的行为，而是我对他的行为的"看法"令我不满。跟着采取质疑法就能发现这个"看法"的局限性，情绪一般也就化解了。

有时这些方法都不管用，我会对自己说：好吧，想生气就生嘛，没什么大不了，我接纳你这一刻的生气。接纳当下的感受，反而不会觉得那么生气了。这就好比皮球，越是用力拍，反弹越高。

最简单的方法，莫过于不带任何评判，以旁观者的身份来观察自己的"生气"，只是静静地观察，瞬间气便消了。

　　方法不尽相同，目的都一样——"不再生气"。不断这么做，我发现自己调节情绪的速度越来越快。如果没有看回自己，我可能还是过去那个爱生气、生气就要发泄出来的我。

　　人每时每刻都可能被限制性思想铐住，通过"质疑法"而突破限制性思想的捆绑，对自己又是一个新发现。有时候我刚冒出类似"这个人责任心不够""这个人不讲信用""这个人不信任别人"这样的想法，我就会紧跟着问自己"真的吗"，然后就是一连串的问题：

　　如果是真的，你根据什么得出这个结论？

　　这些证据足以证明你的结论吗？

　　如果能，为什么？

　　多问几个"为什么"，直到真相大白。哪怕只有万分之一的不确定，也是不确定。记得有次在英国的医院做活检，做完后，医生来信说，很抱歉我们需要让你再来做第二次活检。因为第一次的抽样，我们只有百分之九十九的肯定性。作为医生，哪怕只有百分之一的不确定，我们都不能下结论。打那之后，我在质疑自己的想法时，更加力求严谨，而不是只求大概就下结论。

　　不过，"质疑法"适合用来质疑自己，对别人，容易引起抵触，毕竟大多数人不喜欢被人质疑。这时教练需要不同的提问方式。比如，我最近辅导的一个案例，对方"觉得自己能力不足，不接纳自己"。接纳自己，不需要任何附加条件，很显然她的想法是有局限的。我如果直接点明，她未必接受，所以我需要引导她找到反证，不支持她的结论，她就能转变想法。于是我问她："能力强，你才能接纳自己，是这样吗？"

"是的。"

"在你的心目中，能力强的表现是什么？"

"做事果断，结果令我满意。"

"你身边有没有让你觉得能力强的人？"

"有。"

"这个人做出来的结果是不是总是令人满意的？"

"不是。"

"你会不会觉得这个人能力不强？"

"不会。"

"为什么？"

"某件事结果不满意，只能说明在那件事上可能能力不足，不代表这个人的全部。"

"有没有可能人有足够的能力做任何事？"

"不可能。"

"你要能力强才能接纳自己，是不是给自己设定了一个不可实现的目标？"

"我懂了，不管能力足不足，我依然可以接纳自己。"

当然接纳自己，并不是说忽略影响了我们的不足之处，所以这个案例的后续，我又对于她"在哪方面感觉能力不足"以及"如何提升"上进行了辅导。

那么以物为镜，怎样可以认识自己呢？

我一直以为自己对养动物没兴趣，一想到它们拉屎拉尿那么脏，我根本不想碰。搬来法国后，浩要养这养那，每次我都不情愿，但是真正养的时候，我比他还用心。有天我们出门回家晚了，一只母鸡被狐狸吃掉了。我难过了一个星期，每天都在我家的地里、四周的树丛不停地找，盼望它奇迹般地出现在我的面前。我不断地在脑海里回忆它的样子，却很模糊，然后我对自己说：为什么平常没有仔细地关注它，等它不在了才这么想念，有什么用呢？我不如好好地珍惜还在眼前的母鸡，好好地珍惜生活中已经拥有的。

最近我们用孵化机孵出了一群鹌鹑，那样小小的，觉得它们实在可怜，一生下来就没有妈妈，所以我义不容辞地当起了"妈妈"，生怕它们冻着饿着。尽管好吃好喝好住，没想到它们居然打架，害得我不停查看、不时拉架。其实，它们再强，我手指头轻轻一弹，准能把它们弹翻在地。不过，我可不忍心这么惩罚那几个老是欺负弱小的家伙。为了保护弱小，我只好将"强的"和"弱的"分开养，没想到"强的""弱的"都叫唤不停，以示抗议。无奈我又把它们放在一起，实在搞不懂，一群愿打、一群愿挨啊。眼见两只"残疾的"夜间被咬死，我心疼又心寒。多亏我不是动物，我想如果这个世界奉行"弱肉强食，适者生存"的动物生存法则，我们这个世界会是什么样呢？最起码我不能成为这样的人。

看到我家的花，盛开的时日是短暂的，有的才一个星期，但它们尽心地献出了自己的最美，不管我有没有去看它们，有没有夸它们。所以我在想，我的一生比花儿长多了，有没有让最美的自己盛开呢？有必要在意有没有人的认同和赞美吗？

这只是生活中的几个片断。我发现自己不只是爱关心人，连花花草草、动物也在牵着我的心，这是之前没有发现的。我为自己有颗善良的心而感恩父母，因为这来自他们的遗传和身教，不是上什么课就能学来的。

也有人问我，是不是需要很安静的环境，或者静心修炼才能内看，觉察到自己的感受和想法？

不一定，每个人不一样。向内看回自己，是一种心态、一种选择。人的想法难以捕捉，但感受是有身体反应的，抓住身体的反应，就能顺藤摸瓜，知道自己在想什么了。我常常问：你看到了什么？你听见了什么？你当下的感受是什么？这是你期望的感受吗？如果不是，是什么在搅扰你？

经常问自己这些问题，不单单可以随时觉察当下的感受和想法，而且能快速地调整自己。比如我正在吃饭，却发现自己情绪有些低落。我会问自己："是身体不舒服吗？还是心中有事搅扰？"

"有事搅扰。"

"吃饭时应该是什么心情？"

"满怀感恩和喜悦。"

"为什么？"

"因为还有很多人没有饭吃，还有吃饭时心情不好，影响健康。"

"现在怎么办？"

"祷告谢恩，享受吃饭。"

"教练引导人认识自己的什么呢？"牧师问。

"每个人不一样。"我说，"教练是以人的目标结果为导向，在确定和实现目标的过程中，帮助人认识到：自己想要的是什么？为什么？自己的所长所短是什么？阻碍自己的是什么？……认识自己是没有终点的。"

"这样认识自己，足够吗？"牧师问。

"不管人认识自己多少，"我说，"若没有搞清楚这几个问题，等于没有真正认识自己：我来自哪儿？我要去哪儿？我有尊贵的生命，我活着不是可有可无而是不可替代的，那么这个尊贵的生命对我的要求是什么？意义是什么？"

"你要如何发挥，实现上帝造你的价值和意义呢？"牧师问。

"这个问题我想过，但具体做什么我真的不知道。"我说，"不论是工作、家庭，还是为人处世遵行'荣神益人'的原则应该不会错。我就是工作太忙，不然我想多些时间侍奉教会。"

"侍奉上帝，不一定只是在教会里。"牧师说，"在工作中、在家里、在社会上，活出耶稣基督的圣洁、公义和良善，爱人如己，就是最好的侍奉。"

35
原谅自己
对自己温柔一点，

"对自己温柔一点，原谅自己。"这是教会查经班的一个弟兄收到我的信之后的回复。我在信中告诉他，最近自己表现不好，和他约定的读经计划，没有坚持。我承认不应该让工作挤掉读经时间，我要求自己尽快赶上来，不拖大家的后腿。可是弟兄怎么给我这样的建议呢？

"我真的对自己不温柔吗？"我问自己。

"是的，你在责备自己。"

"是什么让你觉得我在责备自己呢？"

"你在给弟兄的信中说'我不应该''我要求自己'，这是在责备、命令自己呀。还有你平常的口头禅都是'我本来应该这么做''应该那么做''要是我早知道''都怪我'……"

"我不过是说出事实，没有想责备自己啊。"

"一听见浩说'应该'，你就生气，说他老责备你。"

"那是以前，现在我已经不这么看，也不生气了。不管有没有用"应该"这个词，我对自己究竟有没有责备呢？"

"有。自责是你的思维定式，严重到人家脸色不好，你也会自责是不是自己做错了什么。明明是人家的错，你也要责备自己本来应该可以为对方做点什么。"

"凡事内看，不是为了自责。自责根本不能改变已经发生的事，这些我懂，有什么理由还要这么做呢？"

"你用自责来自我激励，你心中有一个理想的自己，你认为自己'应该'做到很多事情，你不停地指责自己、命令自己、要求自己。"

天啊，这哪里是自我激励，分明是自我憎恨、不接纳自己嘛。我是这样的吗？我几乎不对别人用"应该""要求"这些词，却在自己身上随意用，为什么呢？我在意别人的感受，怕人承受不了。那么，自己的感受呢？自己能否承受得了呢？我没想过，突然有些心疼，觉得对自己太苛刻了，难怪弟兄说"对自己温柔一点"。

我早已接纳自己，特别是在抛掉"不够好"的念头之后。可是，如果接纳自己，怎么会对自己有那么多责备呢？会不会是我选择性地接纳自己？

我不知道，最后在牧师那里我找到了答案。

我的牧师不只读了神学，他对心理学也有很深的研究，特别是对人与组织的性格分析。十年前他得了癌症。尽管已经退休，但还是忙着教会的事务，他说神的仆人不讲退休。在了解了我的教练工作之后，他说 MBTI 的性格分析也许对我有帮助，问我愿不愿意跟他学。测评工具我学过相当多，但MBTI 除了曾在单位接触过，了解很少，我当然同意了。

MBTI 由美国的心理学家凯瑟琳·布里格斯及其女儿伊

莎贝尔·迈尔斯，在瑞士的心理学家卡尔·荣格的理论基础上，研究而成。它根据人获取能量的来源，收集信息的渠道、决策和行动的模式，把人的性格归纳为十六种。

牧师先让我做了测评。他没有迷信测出来的结果，而是和我进行了三次面谈，直到我自己感觉对位，才确定了我的性格型号。他告诉我，不是你砍掉胳膊砍掉腿钻进那个型号框，而是型号适应你。你是什么型号，由你说了算。测评只是为你认识自己提供参考，并不能代表你的全部。为什么呢？因为你是按照上帝的形象样式造的，你有尊贵的生命，你很重要！所以，不管测评报告说什么，不管别人说什么，不管你当下认为自己是什么，记住，这一切改变不了"你有尊贵的生命"这一事实，全然地接纳你自己。

牧师的话让我的心柔软了。他对我的全然接纳，让我愿意随着他去看自己身上所谓的"不足""不可爱"。我甚至有了勇气和他讨论，说出来才发现没那么见不了光。

我想起了曾看过的一部电影《带着冰箱去旅行》，说的是一位才思枯竭、失去观众的喜剧演员东尼，酒醉后和朋友以一百英镑打赌，携带一台冰箱搭顺风车环游爱尔兰岛的故事。一路上，东尼和他的冰箱遇到了许多热心人，一位洁厕用品推销员帮他联系了一家电台，结识了一位年轻的女记者，对他的行踪进行了报道。他带着冰箱冲浪、参加单身汉年会、冰箱受洗……这个看起来是个障碍的冰箱，所到之处却吸引了民众的关注与祝福，他因此成了一家广播电台的英雄。因为冰箱在告诉人们：在人生的旅途中，我们都背负着冰箱。冰箱不美观，更为旅行带来了种种不便。但是，冰箱也为旅行增加了一道亮丽的风景。

是的，我不必再遮掩、打压那些我不喜欢自己的一面，不必担心被人知道会怎么看自己，不必竭尽心力地追求那个理想的自己，我就是我，做我自己已经够好。

　　原来，我之前对自己的接纳果然是有选择的。我不接纳自己不喜欢的一面，甚至不断指责、命令自己加以"修正"。只是越"修正"，越成了顽疾，然后我又怪自己不够努力，甚至自我怀疑：是不是真的改不掉了？

　　我又想起了曾经辅导的个案"能力强，才能接纳自己"，我说过"接纳自己不需要任何附加条件"。没想到我给自己也设定了条件，"要做到理想的自己，才能完完全全接纳自己"，我怕是永远都等不到这一天。

　　里面有什么，外面出来的就是什么。哪方面我不接纳自己，会不会也在那方面不接纳别人？我心中有一个理想的自己，会不会也有一个理想的别人呢？

　　我们"妻子祷告团"的一些成员，常常祈求上帝，给她们爱的力量包容忍耐丈夫的这不是、那不是，可是在我眼里，她们的丈夫比浩能干多了。也许她们也在羡慕浩的能干？这么说，我们这些做妻子的大概都嫁给了心中那个理想的丈夫吧。

　　记得美国的畅销书作家温·戴尔曾说："不接纳自己的人根本不懂得如何享受生活。身边有不接纳自己的人，是一种负担。"看来这么多年，浩不容易啊。我们有今天的幸福家庭，不是只有我在"舍己"、在承担更多的责任，浩也在舍，也许舍掉了更多。

　　听完牧师对我的性格分析，我感受到从未有过的和谐，仿佛经络被打通，全身通畅。若不是牧师在场，我真想给自己一个拥抱。

当我从心拥抱自己，这才发现我的人生，恩典数算不尽。我的爱人、亲人、友人、客户，还有精心培育我的牧师、老师、教练，一切的一切，都是我这一生珍贵的礼物。

尽管浩还是那个浩，但是我眼里的浩已经不同。第一次，我愿意放下恐惧去爱他了。《圣经》说："爱里没有惧怕，爱既完全，就把惧怕除去，因为惧怕里含着刑罚；惧怕的人在爱里未得完全。"（《约翰一书》4：18）曾经因爱受伤，这些年我不敢全身心地爱浩。尽管努力地"舍己"，但内心深处怕受伤的恐惧一直都在。接纳自己，我不再恐惧，第一次，我觉得自己自由了。

全然地接纳了自己，我发现已经没有什么需要原谅自己的了。我又一次拿出了儿子十三岁时给我的来信：

<blockquote>

妈妈

你现在过得好吗？

我现在还好

我也不小了，我明白了你的意思

谢谢！

等我长大。我一定会去看你的

谢谢你为我做的一切

我很开心

真的！

答应我，要幸福地活着！

</blockquote>

泪水又一次模糊了我的双眼。假如可以再见到儿子，我一定会自豪地告诉他，"孩子，妈妈已经做到了，妈妈已经是个快乐的女人，在幸福地活着！"

第八章

回顾过去，规划未来

自编自导的人生电影看到了今天，没有轰轰烈烈的故事情节，有的只有上上下下的一段登山历程。我曾想人生一直往上爬，直到爬上那一座最高的山，就是胜利。今天我明白，有上便有下，这是自然的规律。就好像四季，没有多少人喜欢冬天，但是一定要有冬天的储蓄力量，才会有春天的万物复苏、夏天的勃勃生机和秋天的丰硕果实。人生的攀登也是如此，下山是为了上山，是一个重新发现自己、重整旗鼓、再攀高峰的机会。当然，只有有梦的人，只有了解自己的地位无可替代、明白生命对自己有指望、未来还有某件事等着自己去完成的人，才能抓住下山的机会，再次踏上上山的旅程。

　　我的人生还在继续，等待我的又是怎样的上上下下的登山旅程呢？

　　二十多年前，我告诉自己，一定要努力，四十五岁就退休。如今我已经四十五岁，要退休吗？

不，我要工作。只要我还有一口气，我就还要做教练。因为教练，我更懂得生活，更懂得珍惜和享受生活给予我的一切。教练就是生活，生活也是教练。

我的家庭，今天的幸福，不代表明天的幸福。每一天都是挑战，但我知道我有足够的力量去面对。

我在一天天老去。前半生我由追求自我的实现、追求长长久久的快乐与幸福中发现，以自我为中心，只求自我的实现和享乐的人生，反而无法享受长久的快乐与幸福。为什么呢？

因为人都有爱的需求。印尼著名的华人牧师唐崇荣说，这个爱在"受"到"施"的过程中间成长、成熟而成全。小时候我们领受父母的爱、长辈的爱、年长兄姐的爱以及师长的爱；当我们长大的时候，我们再产生一种同辈的相爱；更年长的时候，我们就又产生一种要爱晚辈的那种爱。如果一个人永远是领受的，却从来没有从领受变成施予，这个人的爱永远不满足。爱是"被动"加上"主动"的，爱是"承受"加上"施予"的，爱是"经历"加上"继续不断牺牲自我"的。当我们经历别人给我们的爱、享受别人给我们的爱的时候，我们是站在一个被动的、被爱的地位上；但当我们牺牲自己的爱、付出我们的爱、把我们的爱倾注在别人身上，叫他们领受我们对他们的感情的时候，我们是站在一个主动的爱的地位上。而这两件事的平衡，就是使我们可以达到一个自我成全、自我满足的可能。

前半生，我已经领受了太多的爱，后半生正是我付出爱的时候。美国新闻机构 CNN 的定位也是我后半生的定位：

"选择去那里，去以前没人去过的地方，去现在没人会去的地方。去寻找答案，哪怕是环绕大半个地球。有的时候，正以为找到了答案，却发现背后是更多的问题；有的时候需要回头看看，才知道是如何到达今天的位置以及正走向何方；有的时候，正以为靠近了终点，却发现一段新的旅程才开始，继续前行，因为……这是你的旅程！"

　　是的，这是我的旅程，我又出发了。

主要参考文献

[1] 添·高威. INNER GAME OF TENNIS［M］. PAN BOOKS，1986.

[2] 蔡苏娟. 暗室之后［M］. 台中：晨星出版有限公司，1996.

[3] 派特·莫利. THE MAN IN THE MIRROR［M］. ZOODERVAN PUBLISHING
  HOUSE，1997.

[4] 维克多·弗兰克. 活出意义来［M］. 北京：三联书店，1998.

[5] 唐崇荣牧师. 心灵的重建［M］CMI PUBLISHING，1999.

[6] 卡尔·威特. 卡尔·威特的教育［M］. 北京：京华出版社，2001.

[7] 约翰·惠特默. PERFORMANCE COACHING［M］. NICHOLAS BREALY，2002.

[8] 贝特兰·罗素. 幸福之路［M］. 西安：陕西师范大学出版社，2003.

[9] 露易丝·海. 生命的重建［M］. 北京：中国宇航出版社，2003.

[10] 亚伯拉罕·马斯洛. 动机与人格［M］. 北京：中国人民大学出版社，2007.

[11] 盖瑞·查普曼. 爱的五种语言［M］. 北京：中国轻工业出版社，2006.

[12] 露易丝·海. 启动心的力量［M］. 广州：南方日报出版社，2007.

[13] 马歇尔·卢森堡. 非暴力沟通［M］. 北京：华夏出版社，2009.

[14] 提摩太·凯勒＆凯西·凯勒. 婚姻的意义［M］. 北京：三联出版社，2015.

图书在版编目（CIP）数据

改变人生的七堂课 / 任卫红著. -- 北京：作家出版社，
2017.8（2022.4重印）

ISBN 978-7-5063-9389-8

Ⅰ. ①改… Ⅱ. ①任… Ⅲ. ①散文集 – 中国 – 当代
Ⅳ. ①I267

中国版本图书馆CIP数据核字（2017）第048373号

改变人生的七堂课

作　　者：任卫红
责任编辑：郑建华
责任编辑：李　雯　乔永真
装帧设计：连鸿宾　朱文宗
出版发行：作家出版社有限公司
社　　址：北京农展馆南里10号　　邮　编：100125
电话传真：86-10-65067186（发行中心及邮购部）
　　　　　86-10-65004079（总编室）
E-mail:zuojia@zuojia.net.cn
http://www.zuojiachubanshe.com
印　　刷：中煤（北京）印务有限公司
成品尺寸：145×210
字　　数：197千
印　　张：8.75
版　　次：2017年8月第1版
印　　次：2022年4月第2次印刷
ISBN　978-7-5063-9389-8
定　　价：48.00元